JN110259

異世界から聖女が来るようなので、邪魔者は消えようと思います6

蓮水　涼

23721

角川ビーンズ文庫

Contents

ウィリアム・フォン・シャンゼル
シャンゼル王国王太子。常に笑顔で、甘いマスクに甘い声——だが、裏の顔がある？
フェリシア・フォン・シャンゼル
元・グランカルスト王国第二王女。前世で知った乙女ゲームの世界に転生。薬草毒草に興味があり、薬の調合が得意。
異世界から聖女が来るようなので、邪魔者は消えようと思います

Characters
人物紹介

アイゼン

フェリシアの兄。
グランカルスト王国の
国王に即位。

サラ

乙女ゲームのヒロイン。
黒髪・黒目の
異世界から来た聖女。

ダレン

医師。見た目は屈強な
男性だが、中身は乙女。

ライラ

フェリシア付きの騎士。

フレデリク

近衛騎士。

Isekai kara Seijo ga
kuruyou nanode,
jamamono ha kieyou to
omoimasu

本文イラスト／まち

プロローグ

前世では、こんな慣用句があった——世間は広いようで狭《せま》い。

当時は言葉の意味を知っているだけで、実際に体験したことはなかった。

けれど転生し、新しい世界で今、フェリシアは初めてその言葉を実感している。

実感した感想は、なんとも気まずいということだ。

だって、誰《だれ》が思うだろう。好きな人と結婚《けっこん》して、やっと行けるようになった新婚《しんこん》旅行で訪《おとず》れた初めての国で、まさか異母兄のアイゼンと鉢合《はちあ》わせることになるなんて。

「ご無沙汰《ぶさた》しています。見たところお変わりなさそうで何よりです。ただ、私の記憶《きおく》が間違《ちが》っていなければ、ここはグランカルストではなくトルニア王国のはず。なのになぜ他国の王である義兄上《あにうえ》がここにいるんです？」

夫であるウィリアムが、いつもの仮面の笑《え》みで棘《とげ》のある言葉を吐《は》き出した。

対するアイゼンは、こちらもまたいつもどおりの仏頂面《ぶっちょうづら》で尊大に答える。

「ふん、それはこちらのセリフだ。ここはトルニア。シャンゼルの王がなぜ遠く離《はな》れたここにいる？　就任早々国を離れられるとは、シャンゼルは平和で羨《うらや》ましいな」

もしこの世界に王侯《おうこう》貴族用の翻訳《ほんやく》機があったなら、今の言葉はきっとこう訳されたことだろう。

——この暇人《ひまじん》め。

ウィリアムの仮面の笑みは崩《くず》れない。そこはさすがだ。けれど周囲の温度が若干《じゃっかん》下がったのは言うまでもない。

「そうですね。何事も平和が一番です。ですがその言葉、フェリシアが最初に我が国に来たときのあなたにも贈《おく》って差し上げたい」

二人の間に幻《まぼろし》の火花が散る。どうしてこんなことになったのか。

世間は狭いというけれど、こんな狭さは望んでいなかったフェリシアである。

第一章❖新婚旅行です！

時が経《た》つのは早いもので、フェリシアが初めてシャンゼルに来て、婚約破棄《こんやくはき》を目論《もくろ》んだが失敗し、でも生涯《しょうがい》でこの人しかいないと思う人と結婚してから一年近くが経った。

時の流れというのは、そのときは遅《おそ》く感じても、いざ振《ふ》り返ってみると案外速く感じるものだ。今のフェリシアがまさにそれで、シャンゼルに来てからのことを振り返るとあっという間だったなぁという印象である。

しかし、その間には色々な出来事があった。

自分が転生者だと気づき、婚約者であるウィリアムに殺される運命にあることを知ってなんとか逃《に》げようとしたところ、思ったよりも腹黒で鬼畜《きちく》な彼の罠《わな》にいつのまにか嵌《は》まってしまい、逃げられなくなっていた。

そこで彼を恐《おそ》れてもいいのに、彼の優《やさ》しいところや甘いところ、あと自分にだけ見せてくれる弱さを愛《いと》おしいと思ってしまって、気づけば彼を好きになっていた。

ただ、晴れて両想《りょうおも》いとなり、心身ともに婚約者となったあとも彼には振り回されてばかりだったのは解《げ》せない。

確執《かくしつ》のあった異母姉《ブリジット》との決着をお膳立《ぜんだ》てしてくれたのはウィリアムだが、あとになってどうしてそこまでしてくれたのか理由を訊《たず》ねたら、彼はこう言った。

『お膳立てというよりも、私としてはフェリシアをあの場に連れて行くつもりはなかったけどね。まあでも、当初の計画とは違ったけれど、フェリシア自身が引導を渡《わた》せばもう姉について考えることもなくなるかなという打算はあったよ』

つまり、たとえそれがどんな意味を持つとしても、フェリシアに自分以外の執着《しゅうちゃく》対象があることが許せなかった、と彼は笑顔で宣《のたま》ったのだ。腹黒怖《こわ》い……とそのときばかりは彼から一歩離れた。

また異母兄のアイゼンについても同様だったと、このときついでのように彼が白状したことで判明する。

『義兄上もね……早々に君たちの間にあるわだかまりをなんとかしないと、いつまでたっても君は義兄上を気にすると思って。そんなの面白《おもしろ》くないだろう？』

だから気が進まなくても二人の仲を取り持つことにしたんだ、と衝撃《しょうげき》的なことをぶち込んできたウィリアムに、そのときそばに控《ひか》えていた護衛騎士《きし》のライラやゲイル、そしてフェリシアの侍女《じじょ》であるジェシカまでもがドン引きしていた。

気持ちはわからなくもない。が、すっかりこの鬼畜さに慣らされてしまったフェリシアは、さもありなんと遠い目をした。

それに、口ではそんなことを言っていても、ウィリアムがフェリシアを想って動いてくれたことは解《わか》っているのだ。

彼が幼い頃《ころ》の約束――フェリシアを辛《つら》い場所から連れ出す約束――を守るために骨を折ってくれたことも、ちゃんと解っている。

だから彼の鬼畜なところも嫌《きら》いにはなれないのだとこぼしたとき、ゲイルが「甘いっ。レンゲツツジ《毒草》より甘くて吐きそう……！」と言って大げさに胸を押さえて倒《たお》れたのだけはいまだに理解できていない。

それからも、彼と彼の両親との間にある溝《みぞ》を埋《う》めるために奔走《ほんそう》したり、彼のトラウマだった家庭教師――アルフィアスと再会したり。

しかもそのアルフィアスが、実はシャンゼル王家が長年緊張《きんちょう》状態を強《し》いられていた教皇だったことが判明し、フェリシアは驚《おどろ》きを通り越《こ》して唖然《あぜん》とした。

さらにびっくりしたのが、そのアルフィアスが人間ではなかったということだ。

彼は、この世界に漂《ただよ》う瘴気《しょうき》から生まれた存在だった。

「今さらながら、情報過多にも程《ほど》があるわ……」

「フェリシア様？　どうかしましたか？」

思わず口から出てしまった愚痴《ぐち》を拾ったのは、ここ最近急激に印象の変わったジェシカだ。

出会った当初の彼女はあまりおしゃれに興味がないようだったけれど、今は金に近い茶色の髪《かみ》をかわいく編み込んでいる。気弱な性格のため自己肯定《こうてい》感の低かった彼女だが、フェリシアが王妃《おうひ》となったことで新しく付いた侍女たちの影響《えいきょう》を受け、最近は美容などの女子トークにも積極的である。

ちなみに、新しい侍女たちはみんな人徳者ばかりだ。おかげで人見知りのジェシカもすぐに打ち解けたらしく、よりいっそう楽しそうに仕事をしている姿を見るのは微笑《ほほえ》ましい。

フェリシアが公務の合間を縫《ぬ》って休憩《きゅうけい》している今はジェシカしかそばにはいないが――他《ほか》にライラを含《ふく》む護衛騎士はいる――他の侍女たちは、今頃《いまごろ》フェリシアの部屋で夕食のための準備でもしているのだろう。

「ううん、なんでもないわ。ちょっと色々と思い出してただけよ」

「色々ですか？」

「そう。ここに来てから色々あったけど、時が経つのは早いなぁって」

「そうですね、私も同じことを感じます。初めてフェリシア様や陛下にお目にかかったときはその美しさに卒倒《そっとう》しましたけど、今は慣れてきたおかげで倒れることはありませんし！」

「そうね。倒れはしないけど、正装するといまだに興奮するけどね」

「うっ。それは見逃《みのが》してください……」

「ふふ、大丈夫《だいじょうぶ》よ。むしろそんなジェシカが好きなの。だからそのままのあなたでいてね」

「フェリシア様……！」

王妃となってから、フェリシアの環境《かんきょう》は大きく変わった。

これまで以上の公務をこなさなければならず、これまで以上に他人の視線が突《つ》き刺《さ》さるようになった。

慣れないなりに新米王妃として奮闘《ふんとう》してはいるが、目の前の仕事をこなすだけで精一杯《せいいっぱい》なところがあり、今は色々と余裕《よゆう》を持てなくなっている。

そんなときによく訪《おとず》れるのが、今いるガゼボだ。

ここは遠目にすずらん畑が見える。すずらん畑は、ウィリアムがフェリシアのために整えてくれた場所で、天候に関係なく眺《なが》められるこのガゼボは穴場だった。しかも人気《ひとけ》が少なく、ゆっくりと休めるのもいい。

ただ、今は一年を通して過ごしやすい時節ではあるものの、日が落ちるにつれて冷え込んでくるので長居はしないほうがいいだろう。

「そろそろ部屋に戻《もど》りましょうか」

「はい」

今夜はウィリアムと一緒《いっしょ》に夕食をとれるかなと、歩きながらなんとはなしに考える。

前々から忙《いそが》しい人ではあったが、今は正念場だとでも言うように根を詰《つ》めているようで、最近は朝食すら別々の日が続いていた。

夜も、同じ部屋で眠《ねむ》っているはずなのに、彼はフェリシアより遅く寝《ね》て、フェリシアより早く起きているので、顔を合わせることはない。

（最初はウィルが帰ってくるまで起きていたら、懇々《こんこん》と説得されたのよね）

一度目は軽く「私のことは気にせずに寝ていいんだよ」と言われ、でも彼の顔が見たいからやはり頑張《がんば》って起きていたら、二度目は「フェリシアが待っていてくれるのは本当に嬉《うれ》しいけど、そのせいで君の体調が悪くなるのは絶対に嫌《いや》なんだ。だからお願い。ちゃんと寝て」と懇願され、起きている頻度《ひんど》を三回に一回程度に減らしてみたら、やっと二人の時間が重なったときに、十分な睡眠《すいみん》をとらないと病気のリスクが高まるし集中力も衰《おとろ》えて正常な判断もできなくなって事故のリスクも高まるからうんたらかんたらと彼がフェリシアを諭《さと》してきた。

その説教、そっくりそのまま返したい。そう思ったのは秘密だ。

（きっとゲイルあたりから聞いたのね。私が日中眠そうにしてるって。そりゃあ深夜を過ぎて部屋に帰ってくるウィルを待ってたら寝不足《ねぶそく》にはなったけど、そうじゃないのよ）

フェリシアはただ、ウィリアムが心配なのだ。だから彼の顔を見て安心したいだけなのだ。

今日もお疲《つか》れ様ですと、一日を頑張った彼に伝えたいだけ。

（なんだか、婚約者だった頃より距離《きょり》を感じるわ）

ウィリアムが国王で、自分が王妃という立場上、仕方のないことだと頭では理解している。しかし急な王妃就任にまだ心が追いついていないような感覚がある。

やがて自室に着いたフェリシアを、数人の侍女が出迎《でむか》えてくれた。

この部屋は、結婚《けっこん》してから引っ越した部屋だ。

新緑を思わせるような淡《あわ》い緑色と白色で統一された内装に、細部まで意匠《いしょう》が美しく、機能性に優《すぐ》れた家具。他にもフェリシアの好きな植物が部屋の至る所に飾《かざ》られていて、これは侍女たちが季節によって選んでくれているものだ。

好きなものに囲まれた部屋は、あっという間にフェリシアのお気に入りとなった。ここを用意してくれたウィリアムには感謝しかない。

「フェリシア様、本日は陛下がご夕食を一緒にしたいと仰《おお》せです」

新しく王妃付きの侍女となったマーベラが言う。彼女はフェリシアより年上のウィンブル侯爵《こうしゃく》夫人だ。

小さな黄色い花がかわいらしいミモザが似合うおっとりとした雰囲気《ふんいき》の美人だが、意外とはっきり物を言う。しかし指摘《してき》は正確で、知識に富むため、他の侍女たちが一番頼《たよ》りにしている存在でもある。

まあ、まるで女性版ウィリアムのような腹黒さが玉に瑕《きず》ではあるものの、フェリシアも頼りにしている存在であるのは間違《まちが》いない。

「ウィルとの食事なんていつ振《ぶ》りかしら。楽しみです、と返事をしておいてくれる？」

「でしたらフェリシア様、直接お話しになるといいかもですよ〜」

むふふ、とマーベラの背中からひょっこりと顔を出したのは、こちらも新しく王妃付きの侍女となったローゼンシー公爵《こうしやく》家の二女、キャロルだ。ローゼンシー家は、フェリシアとウィリアムの祝宴《しゆくえん》で最初に招待のあった公爵家である。

キャロルはまだ十五歳の少女だが、どうやら落ち着きのなさを心配した公爵夫人がぜひにと頼《たの》んできたらしい。

確かに公爵夫人が心配するのも納得《なつとく》できるほど彼女は天真爛漫《てんしんらんまん》なところがあり、かなりの噂《うわさ》好きでもある。

でもだからこそ、誰《だれ》よりも情報通なのだ。たまにゲイルと情報合戦をしており、あのゲイルを相手になかなか良い勝負をしているのだから侮《あなど》れない。

そのキャロルが、トレードマークのポニーテールを揺《ゆ》らして興奮気味に続けた。

「だってこの伝言、陛下ご自身が伝えに来たんですもん！『フェリシアの顔を見られたらと思ったけど、タイミングが合わなかったね』って悲しそうな微笑みがとっても似合ってました！」

「え、じゃあウィルが来たのっ？　いつ？」

キャロルの似ていないウィリアムのモノマネは、いつもなら笑ってツッコミを入れるところだが、今はそんな余裕もない。まさかすれ違ってしまったのだろうか。会えるなら会いたかったのに。

「ついさっきです。部屋に戻るようなことを仰《おつしや》ってましたから、もしかしたらまだいるかもしれませんよ～」

キャロルにそう教えてもらったフェリシアは、逸《はや》る心のままに礼を言い、足早に寝室《しんしつ》へと向かった。二人の部屋は寝室を挟《はさ》んで繋《つな》がっている。その扉《とびら》の行き来は、フェリシアとウィリアムにだけ許されていた。

（少しでいいから顔が見たいわ）

寝室を素通《すどお》りして、ウィリアムの部屋へ続く扉をノックしようとしたところで、フェリシアはベッドに何かが乗っているのを視界の端《はし》に捉《とら》える。

内心で驚《おどろ》きつつ確認《かくにん》すれば、なんと乗っていたのはウィリアムだった。

恐《おそ》る恐る近づいてみると、彼は目を閉じて、規則正しい呼吸を繰《く》り返している。

（もしかして、寝てる……？）

本当に同じ人間かと疑いたくなるほどきれいな寝顔《ねがお》だ。でも目元には薄《うす》い影《かげ》のような隈《くま》ができていた。

（やっぱり疲れてるんだわ。せっかくの美貌《びぼう》も台無しに………いえ、台無しにはなってないわね。相変わらず憎《にく》たらしいほどイケメンだわ。まつげは長いし、パーツは整ってるし。なんであの不規則な生活を送っていて肌《はだ》が綺麗《きれい》なままなの？　心配を通り越《こ》してちょっと悔《くや》しくなってくるんだけど。あ、でも唇《くちびる》は少し、かさつい、て……）

そこで我に返り、思いきり顔を逸《そ》らす。危ない。気づいたらウィリアムの顔が至近距離にあって、もう少しで唇同士が触《ふ》れてしまうところだった。

（寝てるウィルに何を考えてるのよ、私は！）

これも全《すべ》て、彼に全然会えていない反動だ。絶対にそうだ。だから自分は、こんな変態と誹《そし》られても文句の言えないようなことを平気でする人間ではない……はずだ。

もう一度ゆっくりと彼に視線を戻す。どうやら彼はまだ夢の中にいるらしい。起きていると鬼畜大魔王《きちくだいまおう》だが、眠る姿はあどけなく、なんだかかわいく見えてしまう。久々にこんなウィルを見たなぁと呑気《のんき》に思っていたけれど、そこではたと気づいてしまった。

いつもフェリシアより遅《おそ》く寝て早く起きている彼の寝顔が、実はかなり貴重だということに。

（………も、もうちょっとだけ、観察しててもいいかしら）

こんな彼を次に見られるのは、もしかするとずっと先――なんなら一生ないかもしれない。だったら今堪能《たんのう》しないでどうする。

しかしそうしてじっと見つめていたら、無性《むしょう》に彼のきめ細かな頰《ほほ》をつんつんと突《つつ》きたくなってきて、ちょっとした悪戯《いたずら》を楽しむ。

すると今度は、その頰にキスしたくなってきてしまった。唇は寝込みを襲《おそ》うみたいでアウトでも、頰ならセーフなんじゃないかと、謎《なぞ》の理論が自分の中に生まれる。

ドキドキとうるさい心臓を宥《なだ》めながら、フェリシアは右の横髪《よこがみ》を耳にかけた。

ウィリアムの顔に自分の影が落ちる。気配を押し殺しながら顔を寄せて――ちゅ、と我慢《がまん》できない愛《いと》しさを込めてみた。

普段《ふだん》は恥《は》ずかしくて自分から彼に触れるということができないでいるけれど、フェリシアだって別に触れたくないわけではないのだ。

（ウィル、起きて、ない？）

前に似たような状況《じょうきょう》があったとき、フェリシアは寝たふりをされたことがある。あのときも衝動《しょうどう》的にキスをしようとしてしまって、でもウィリアムが寝たふりをしていることに気づいて失敗に終わった。

（今日は本当に寝てるのね。やっぱりそれくらい疲れてるんだわ）

彼の頭をよしよしと撫《な》でる。相変わらず柔《やわ》らかくて、触《さわ》り心地《ごこち》のいい髪だ。

（ふふ、気持ち良さそう）

彼の穏《おだ》やかな寝顔を見ていたら、フェリシアもなんだか眠《ねむ》くなってきた。

そこでぴんと閃《ひらめ》く。夕食までは時間もあるし、ここで仮眠《かみん》をとっているということはウィリアムのほうも少しくらい時間の余裕《よゆう》はあるのだろう。それなら、一緒《いっしょ》に仮眠をとっても許されるのではないか。

思ったら即《そく》行動のフェリシアは、ウィリアムを起こさないよう彼と反対側のベッドサイドに回ると、慎重《しんちょう》にベッドの上に乗った。

そして彼が起きないことを何度も確認しながら、そっと隣《となり》に寄っていく。せっかくだからと彼の腕《うで》に寄り添《そ》ってみたが、なぜかフェリシアの中には違和感《いわかん》が生まれた。こうじゃない。何かが物足りない。そんな気がして首を捻《ひね》る。

ふと顔を上げてみると、予想に反してウィリアムの顔が遠くにあった。

(なんでそう思うのかしら。これでも十分近いはずなのに)

不思議に思いながらも、フェリシアの感覚としてはもっと近くに彼の顔があったような気がしてならない。それに、まるで隙間風《すきまかぜ》に吹《ふ》かれたみたいにこんなにすーすーとした感覚だって身体《からだ》にはなかった。

(でもおかしいわ。私、ウィルの寝顔なんて久しぶりに見てるのに)

とりあえず違和感を払拭《ふっしょく》しようと、さらに彼の方へ身を寄せてみる。

なのに、まだ隙間風が吹いている。

(なんで？　どうして？　こうじゃないの？)

寒いのは背中だ。身を寄せようとすれば、どうしてもそちらは空いてしまう。

気になって仕方ないフェリシアは、一つの妙案《みょうあん》を思いついた。

――ウィルの腕を回せば寒くなくなるかも！

そう思ったのは、彼に抱《だ》きしめてもらうときのことを思い出したからだ。

彼はいつも少し強めの力で、放さないと言わんばかりに抱きしめてくれる。フェリシアはそのときの多幸感や温《ぬく》もりが好きで、それと同じようにすればいけると思った。何が「いける」のか、このときのフェリシアは深く考えていなかったけれど。

そうしてウィリアムを起こさないよう慎重に彼の腕を自分の肩《かた》に回して固定した瞬間《しゅんかん》。

（これだわ……！）

何かがカチッとはまった。

（あったかい）

愛する人の温もりに包まれていることを久々に実感できて、あの多幸感に酔《よ》いしれる。

贅沢《ぜいたく》を言うならウィリアムにもっと強く抱きしめてほしかったが、寝ている彼にそんなお願いをできるはずもない。

だから、急に背中をぐっと押されて、その反動で彼の胸板《むないた》に顔を埋《うず》める形になったとき、フェリシアは何が起きたか理解できずに目を瞬《まばた》いた。

「はー、ほんっとかわいい」

馴染《なじ》みのある強さで抱きしめられているので、フェリシアは顔を上げられない。

けれどその声は、間違《まちが》いなくウィリアムのもので。

「ウィ、ウィル⁉　起きて……⁉」

「うん。フェリシアがこの部屋に入ってきたときにね」

つまり最初から起きていたということで、それが本当なら最悪も最悪だ。

「また寝たふりしましたわね⁉」

「心外だな。久々に会えた愛する妻が自分から寄ってきてくれたから、ちょっと様子を見ようと思って黙《だま》っていただけだよ。そうしたら私の頬を突いて遊び出すからかわいいなぁと思って見守っていたんだけど、そのあと頬に柔らかい感触《かんしょく》がしてさすがの私もびっくりしてね。いつかの反省点として早々に目を開けなくて良かったと心の底から幸せを噛《か》みしめていたら、今度は隣で添い寝までしてくれるじゃないか。なんのご褒美《ほうび》かと思って起きるタイミングを逃《のが》しただけだよ」

だから私は悪くない、と爽《さわ》やかな笑顔《えがお》で告げられて、顔が噴火《ふんか》しそうなほど熱くなった。

絶対わざとこちらの羞恥心《しゅうちしん》を煽《あお》るような言い方をしている。

「ねぇ、フェリシア」

「……なんですか」

「逃《に》げなくていいの？」

「だってほら、こういうとき、今までの君ならだいたい私から逃げていただろう？」

そうだったかしら、と過去を掘《ほ》り起こせば、確かに逃げていた。速すぎる鼓動《こどう》をなんとか落ち着かせようとしていたからだ。

今も同じくらいドキドキしているが、フェリシアの中に逃げるという選択肢《せんたくし》はない。

「それに、どうしてさっき、私の腕を君の背中に回したの？」

「そ、それは……っ」

なんだか物足りなさを感じたから、なんて正直に言えるはずもない。

しかし彼がどういう性格をしているか、フェリシアは忘れていなかった。こういうときの彼の質問に答えないと、あとでより恥ずかしい何かをさせられることは経験済みである。

（うぅ……誤魔化《ごまか》しても、きっとすぐに見破られるわよね。それも経験済みなのよ……）

過去から学んでいるフェリシアは、葛藤《かっとう》の末、正直に話すことにした。

「えっと、腕を、背中に回したのはですね」

「回したのは？」

「その、背中がすーすーして……さ、寒かったからで」

「布団《ふとん》を被《かぶ》れば良かったんじゃない？」

「それはそうなんですがっ。そうじゃなくて、物足りなさを、感じたから」

そのとき、頭上からくすくすと笑う声が落ちてきて、自分の行動を笑われたと思ったフェリシアは顔を真っ赤にしながら抗議《こうぎ》する。

「ちょっと、笑わないでください！　私だって恥ずかしいことをした自覚はあるんですからっ」

「ああ、いや、違うんだ」

目が合った彼は、蕩《とろ》けるような眼差《まなざ》しでフェリシアを見つめてきた。

「これは君を笑ったんじゃなくて、成功を喜んだんだ」

「成功？」

「そう。君とすれ違う生活が続いて私も不安になってね。いつ君に愛想《あいそ》を尽《つ》かされるかと、気が気じゃなかった」

「お仕事ですもの。それで愛想を尽かすなら結婚《けっこん》してませんわ」

「わかってるよ。これは私の心の問題だから。そこで私は策を講じたわけだけど」

え、と一瞬《いっしゅん》で身体が硬直《こうちょく》する。

「なんでそこで策を講じますの？　妻に策を講じるってどういうことですの？」

こういうとき、これまで彼が講じた策にまともなものは一つとしてない。

「いったいどんな策をっ……――ま、まさか、背中の寒さと関係が!?」

「フェリシアは『習い性となる』という言葉を知っている？」

「知りませんけどその意味は聞きたくありませんわっ」

絶対ろくでもないに決まっている。だって、ウィリアムの顔がわざとらしいほど満面の笑みを形作っているから。

「これはね、習慣は続けるうちに生来の性質のようになるという意味なんだけど」

「続けなくて結構です！」

「じゃあ、習慣のように毎日フェリシアを抱きしめ続ければ、フェリシアの身体がその状態を生来のものと勘違《かんちが》いしてくれないかな、それで私から離《はな》れられない身体にならないかな、と思いついて実行してみたんだ」

「やっぱりろくでもない！」

「でもまさかこれほど効果を発揮するとは思ってもみなかったよ。君を毎日抱きしめられるのは寝るときくらいだからね。たまに起こしちゃったときは焦《あせ》ったけれど、君は寝ぼけていたから夢だと思ったのかな」

「……！」

そこでやっと合点《がてん》がいった。ウィリアムの隣《となり》に寄り添《そ》ったとき、なぜか「こうじゃない」と思ったのは、寝《ね》ぼけながらもウィリアムに抱きしめられていることをちゃんと認識《にんしき》していたからだったのだ。

「どうしてくれるんですの！　私に変な習慣を覚えさせて、所構わず抱きしめてほしいってお願いするようになったらウィルのせいですからね⁉」

「そうだね、言い訳はしない。責任を持って君の要望に応《こた》えるから安心して」

「じゃないでしょう！　そこは止めてください！」

ウィリアムの胸板をぽかぽか叩《たた》いてみるが、彼の頰《ほほ》は緩《ゆる》みっぱなしで全く効いている気がしない。

「大丈夫《だいじょうぶ》だよ、フェリシア」

「……何が大丈夫なんですか」

何も大丈夫じゃない、とフェリシアは頰を膨《ふく》らませた。

ウィリアムは忙《いそが》しい身の上なのだ。これでは変な習慣だけつけさせられて放置されることちらが――自分で言うのもなんだが――不憫《ふびん》ではないか。

「本当は今夜の食事のときに言おうと思ってたんだけど……実は行けることになったんだ、新婚《しんこん》旅行」

「……へっ？」

「ずっと寂《さび》しい思いをさせてごめんね。君の仕事の調整もさせていたから、その意味でも無理をさせてごめん。でもおかげでようやく二人まとめて一緒《いっしょ》の休日が取れそうなんだ。ちょうど社交シーズンも終わるから、新婚旅行も含《ふく》めて、これからはたくさん君との時間を取れるよ。だからいつでも求めてくれていいからね」

「いえ、いつでもはさすがに……って、その前に、新婚旅行……？」

「そうだよ。君は遠慮《えんりょ》なのかなんなのか、絶対に自分からその話題を出さなかったけれど、ご令嬢《れいじょう》や貴婦人方が色々と余計なことを君に吹《ふ》き込んでくれたのは知っているんだ」

余計なこと？　と首を軽く傾《かし》げたとき。

「『王妃《おうひ》様は新婚旅行に行かないのですか』『陛下ったらまだ新婚旅行にも連れて行ってくれないんですの？　これだから仕事ばかりの殿方《とのがた》は困るのです。乙女心《おとめごころ》をわかっておりませんわ』『陛下に愛想を尽かしたら言ってくださいませね！　他《ほか》のもっと素敵《すてき》な殿方を紹《しょう》介《かい》して差し上げますから』」

突然《とつぜん》ウィリアムが何か言い出したと思ったら、聞き覚えのあるセリフに頬を引きつらせる。それは公爵《こうしゃく》夫人に招待されたサロンだったり、侯爵《こうしゃく》令嬢に誘《さそ》われたお茶会だったり、はたまたオフシーズンにお呼ばれして参加した晩餐《ばんさん》会での女性だけの歓談《かんだん》の場だったりで、フェリシアが他の貴族女性から掛《か》けられた言葉だ。

恐《おそ》ろしいのは、たぶんだが、ウィリアムがそれを一字一句間違《まちが》えずに暗唱したことである。

「またゲイルですか……？」

「ローゼンシー公爵令嬢だ。彼女はよく人の真似《まね》をするけれど、似ていないのが残念だね」

「そ、そうですね」

まさかキャロルにまでウィリアムの手が回っていたことに慄《おのの》く。いや、でも新しい侍女《じじょ》はみんな彼のお墨付《すみつ》きだったことを思い出して目頭《めがしら》を押さえた。

「言っておきますけど、最後の方は私のためというよりも、あわよくばウィルの正妃《せいひ》の座を狙《ねら》ってそんなことを言っていただけですからね」

「うん。親切なふりをして私から君を奪《うば》おうとしたんでしょう？　フェリシアに私以外の男を見繕《みつくろ》おうと考えるだけでも重罪だよね。そんな浅はかな夢見る乙女には、相応の男を出会わせてあげたから心配しなくていいよ」

額に軽いキスが落とされた。

「えっ、知ってましたの？　というか『出会わせてあげた』って、どういう……」

「気にしないで。それより他の女性の話なんて措《お》いておいて、今は新婚旅行の話をしよう？」

「振《ふ》ったのウィルですけど」

「私が言いたかったのは、私は別に乙女心をわかっていないわけじゃないということだ」

「そこ気にしますの？」

「そりゃあ気にするよ。愛想を尽かされたくはないからね。議会で古狸《ふるだぬき》どもをどう煮詰《につ》めてやるか考えるより、そのための策を考えるほうがよっぽど楽しいよ」

「それ、最終的に私が振り回されるやつですよね!?　こっちは全く楽しくありませんけど！」

結婚しても彼の鬼畜《きちく》ぶりは健在である。本当に一向に収まる気配を見せないから、まさか一生これに振り回されるのかと思うとちょっと逃《に》げたくなる。もちろん口に出しては言わないが。言ったが最後、なんとなく、本気で部屋から出してもらえなくなりそうな予感がしている。

「じゃあフェリシアは、新婚旅行、嬉《うれ》しくない？」

ウィリアムがしゅんと眉尻《まゆじり》を下げた。それが計算された表情であることは百も承知だが、自分がこの顔に弱いこともまた十分に知っている。

そうでなくとも、愛する人との新婚旅行だ。嬉しくないはずがない。

ずっと寂しいと思っていた。でもウィリアムにわがままなんて言えなくて、なるべく一人で耐《た》えていた。

正直に言うと、新婚旅行は半ば諦《あきら》めていたところがある。それくらい彼のスケジュールが詰《つ》まっていたから。

けれど彼がちゃんと考えてくれていたことを知って、どうして喜ばないことがあるだろう。

意を決して彼の頬に手を伸《の》ばすと、フェリシアは思いのままに引き寄せて触《ふ》れるだけのキスをした。

「ありがとうございます、ウィル。すごく嬉《うれ》し――ふぐぅ!?」

しかし伝え終わる前にまた強く抱《だ》きしめられ、危《あや》うく気絶しそうになったのは笑えないと思ったフェリシアである。

久々のウィリアムとの夕食は、いつも以上に料理がおいしく感じられて幸せだった。

野菜を煮込《にこ》んだスープ、仔牛《こうし》のローストビーフ、鳩《はと》のグラタンなどどれも逸品《いっぴん》で、アーモンドミルクを使ったババロアのような食感のブラマンジェが最後の締《し》めとして供された。

ちなみに、このブラマンジェだが、最初に食べたときにちょっとした事件が起きたせいである意味思い出深い品となっている。

というのも、前世の記憶《きおく》があるフェリシアにとって、ブラマンジェは実は既知《きち》のものだった。

フェリシアが知っていたブラマンジェは、牛乳にアーモンドの香《かお》りを付けてゼラチンで固めたデザートだ。杏仁豆腐《あんにんどうふ》に似ており、だから初めてこの世界でコースの一品として出されたときも、当然のようにそれと同じものを想像した。

が、一口食べたとき、想像と全く異なる味がしたために硬直《こうちょく》してしまったのである。甘いというよりも甘塩《あまじょ》っぱい味がして、脳が混乱したのだ。

あとから聞いた話によると、どうやらこの世界のブラマンジェには鶏肉《とりにく》や米が使用されているらしく、フェリシアの知るレシピとは全然違《ちが》った。

それで終わってくれれば良かったのだが、たとえ毒を食しても滅多《めった》なことでは狼狽《うろた》えないフェリシアが狼狽えてしまったのがいけなかったのだろう。

いち早くフェリシアの変化に気づいたウィリアムが、血相を変えてこちらに駆《か》け寄ってきた。彼はひどく焦《あせ》った様子で毒味《どくみ》役のゲイルを呼び、フェリシアには毒の混入の有無《うむ》を確かめてきた。

もちろん周りは騒然《そうぜん》とする。これにはフェリシアも焦った。別に毒を食べたわけではないからだ。

なんとかその場は誤魔化《ごまか》して収めたが、フェリシアが前世の記憶持ちだということを打ち明けていたウィリアムには、事の真相を伝えておいた。でなければ、自分の間抜《まぬ》けな反応のせいであわや料理人や給仕《きゅうじ》係が犠牲《ぎせい》になるところだったので、暴君と化そうとするウィリアムをそれはもう必死に止めたものだ。

以来、王宮のブラマンジェだけは、前世の杏仁豆腐のようなデザートに様変わりした経緯《けいい》がある。

『……今までは、フェリシアに私以外の男がいなかったかどうかしか気にしたことはなかったけれど……そうだよね、君は前の人生を覚えているんだよね』

騒動《そうどう》が収束したあとにウィリアムがこぼしたこのひと言は、なぜか今もフェリシアの胸に引っかかっている。

——とまあ、過去にはそんな騒動もあったが、今夜は終始笑顔《えがお》の絶えない夕食だった。

そのあとは、二人で一緒《いっしょ》にフェリシアの部屋へ戻《もど》り、すでに伝えられていた新婚旅行について詳《くわ》しい話を聞く。

「ちなみにフェリシアは、どこか行きたいところの希望はあるかい？」

もう夜も深い今の時間は、王宮に住み込みで働いているジェシカやキャロルのような侍女も下がらせ、部屋には自分たちと騎士《きし》しかいない。その騎士も、ゲイルとライラの二人だけなので、いつも張っている緊張《きんちょう》は解いている。

「そうですね……ウィルが一緒ならどこでもいいですけど、今なら温暖な地域も魅力《みりょく》的ですわね」

「もう一回言って」

「え？　えっと、今なら温暖な地域も魅力的ですわね？」

「その前」

「……ウィルが一緒ならどこでもいいです……？」

「ありがとう。疲《つか》れた心に沁《し》み渡《わた》るよ」

珍《めずら》しく胸を押さえて唸《うな》るウィリアムに、これは相当ストレスが溜《た》まっているようだと同情する。ライラは相変わらず無表情だが、ゲイルは乾《かわ》いた笑みを漏《も》らしていた。

「えーと、そういうウィルは行きたいところはありませんの？」

「それこそ君と一緒ならどこでも。今回は祝宴《しゅくえん》のときのようについでの仕事も入れていないし、全力で余暇《よか》を楽しむつもりだよ。なんならフェリシアとずっと部屋に籠《こ》もる蜜月《みつげつ》も大歓迎《だいかんげい》だね」

「それは……」

自分の心臓が大変そうな未来しか見えないので却下《きゃっか》したい。

しかしそう言う前に、ウィリアムが続ける。

「でも国にいると、邪魔《じゃま》が入ることは目に見えているからね。我が国の宰相殿《さいしょうどの》は優秀《ゆうしゅう》だけれど、とにかく堅物《かたぶつ》すぎて空気を読まないことで有名だ。あの人なら立ち入り禁止にしても有事のときは立ち入ってくるだろう。だから、邪魔の入らない遠国を希望したい」

彼の目は本気だった。切実とも取れる強い眼差《まなざ》しに、やっぱりこれは結構本気で疲労《ひろう》がピークに達しているようだと悟《さと》る。

「遠国ですね。どこがいいかしら」

「これはあくまで一案だけど、トルニア王国はどうだい？」

「トルニアですか？　本当に遠いところを選びましたね」

そこはフェリシアも行ったことはないけれど、よく知っている国だった。なにせ祖国のお隣《となり》だからだ。

「そこまで遠ければ手紙で呼び戻されることもないだろうし、我々を知っている者も少ないだろうから、国にいるより羽を伸ばせると思うんだ」

「ウィル……」

そんなに言うほどお疲れなんですね、とは安易に口にできない雰囲気《ふんいき》がある。

「いいと思います。トルニアはこの時期でも温暖な気候ですし、観光地としても有名です。私も一度は行ってみたいと思ってましたし」

「ならせっかくだから、トルニアで開催《かいさい》される祭りの時期に合わせて行こうか？　たくさんの屋台が出て、華《はな》やかな衣装を着た踊《おど》り子たちのパフォーマンスもあって面白《おもしろ》いみたいだから。どうかな？」

「賛成ですわ！　屋台もパフォーマンスも楽しみです！」

「トルニアは美食の国としても有名だしね」

「お腹《なか》いっぱい食べたいです！」

「そして帰りはグランカルスト経由で帰ろう。義母上《ははうえ》にご挨拶《あいさつ》をしないと」

「！　……約束、覚えててくれたんですね」

それは、いつだったかウィリアムが提案してくれたことだった。グランカルストにある母のお墓参りをしよう、と。

フェリシアにとって母は唯一《ゆいいつ》家族らしい家族だったから、彼のその言葉が本当に嬉《うれ》しかった覚えがある。

それを、約束どおり叶《かな》えてくれるという。

「当然だよ。私が君との約束を忘れるわけがないからね。というわけで、トルニア、行きたい？」

「はい……！　ぜひ行きたいです」

「良かった。じゃあ決まりだね」

全力で目を輝《かがや》かせるフェリシアは、まだ見ぬ美食と祭り、そして久々に会える母に気を取られて、このときゲイルがウィリアムに耳打ちしたことに気づかない。

「陛下、本当に今回は何も企《たくら》んでないんすか？」

「どういう意味だい」

「だって王女さんの母国の隣って、なーんかありそうな気がしません？」

「ないよ。フェリシアにも言ったとおり、約束を果たせて、かつ新婚《しんこん》旅行に相応《ふさわ》しい場所を選んだらそうなっただけだ。フェリシアが他《ほか》がいいと言う場合も考えて、別の候補地も用意していたしね。むしろ旅行中は何もないように、今回は義兄上《あにうえ》にも知らせるつもりはない」

「そうなんすか？」

「ああ。逆におまえは私をなんだと思っている？　私だってたまには何も考えずに、ただひたすらフェリシアを愛《め》でて甘やかしたいときがあるんだよ」

「……なるほど」

陛下相当キてますね、というゲイルの最後の呟《つぶや》きだけ、フェリシアの耳にも届いた。

（ゲイルにも言われるって、やっぱりウィル、かなり疲れてるのね……）

この旅行でしっかり息抜《いきぬ》きをしてもらおうと、一人決意したフェリシアだった。


一方、時同じくして、その頃《ころ》のグランカルストでは。

物々しい面々が王宮内の一室で顔を突《つ》き合わせていた。

「ここ最近移民の数が倍増しております」

「やはり入国の制限を厳しくするべきでは？」

「だが悪戯《いたずら》に厳しくしてもな。他国との関係もある」

「いいや。なぜそこで他国の顔色を窺《うかが》う必要がある？　我がグランカルストに敵《かな》う国などどこにもない。そうでしょう、陛下」

問われたこの国の王であるアイゼンは、集めた各大臣をゆっくりと見回した。

自分を上座とし、その両脇《りょうわき》に伸《の》びる長机に大臣たちは座している。今回は国の治安維持《いじ》に関することが議題であったことから、王立騎士団長も同席させていた。

先ほど軽々しく開戦を匂《にお》わせたのは、経済大臣だ。彼はアイゼンの祖父の代以前による武力統治を良しとする強硬派《きょうこうは》の一人であるため、その発言は想定内と言える。古い人間に多い派閥《はばつ》だ。

というのも、当時のグランカルストは負け知らずだったため、戦争で得た莫大《ばくだい》な富を忘れられずにいるからだろう。

(時代遅《じだいおく》れの年寄りどもが)

いつまでもその考えが通用するとなぜ思うのか。父王が内政に力を入れた理由を何も理解していないことも腹立たしくなってくる。

前王は、父親としては最低な男だったが、その政治的手腕《しゅわん》に関してはアイゼンも認めるところがある。

戦果による自国の勢力拡大は、結局一部の特権階級にしか利益をもたらさなかった。また、領土は奪《うば》えば終わるものではない。奪ったあとの統治も重要だ。

祖父以前のグランカルスト王たちは、領土の拡大に固執《こしゅう》したせいで、この統治を蔑《ないがし》ろにした。結果、内紛《ないふん》が頻発《ひんぱつ》し、貧富の差がますます広がるばかりとなってしまったわけだ。

そこにメスを入れたのが父王である。

あの男は民《たみ》から見れば賢王《けんおう》だろう。実際、貧しかった者ほど父王を褒《ほ》め称《たた》える。

しかし自分の結婚《けっこん》すら政治の道具にした男が、ある令嬢《れいじょう》にひと目惚《ぼ》れしてしまった。

それからだ。賢王が、単なる愚《おろ》か者に成り下がったのは――。

「おかしいな。余は移民対策について議題にした。誰《だれ》が我が国の自慢《じまん》をせよと言った？ここを酒場と勘違《かんちが》いしているのなら、そなたには酒大臣《エール》の称号《しょうごう》でも与《あた》えてやろうか」

「なっ。し、しかしですね、陛下。こうも移民が増えては、いずれ自国民を上回り、内部から国を乗っ取られる可能性も出てくるのですぞ。現に仕事を奪われ、困窮《こんきゅう》している民も出始めています」

「それはもっともだが、それと自慢話は関係あるまい」

わかったら引っ込め。そう視線で圧をかける。

「……っ、申し訳ありません。失言でした」

「二度目は許さん。発言には重々気をつけよ」

強硬派の一人を黙《だま》らせたことにより、他の強硬派も気まずそうな表情で俯《うつむ》き始める。

ここで厄介《やっかい》なのは、こういうとき、必ず出しゃばってくる穏健《おんけん》派だ。

「では議題に戻《もど》りまして、具体的な移民対策について話し合いましょう。すでに一部の入国制限をかけているにもかかわらず移民が増えていることを鑑《かんが》みれば、おそらく不法入国者も増加していると考えて良いでしょう。国境警備はどうなっていますか、騎士《きし》団長」

「もちろん厳戒《げんかい》態勢を敷《し》いている。しかし人手が圧倒《あっとう》的に足りない」

「仰《おっしゃ》るとおりです。人員の予算を臨時的にあてがうことは可能ですか、財務大臣」

「そんな金、どこにあるのか教えてほしいね。戦争三昧《ざんまい》だった我が国の国庫は火の車だよ。まあ、その現状を理解しないご老人が多くて笑っちゃうけど」

「なんだと……っ」

「はいはい、喧嘩《けんか》はそれこそ酒場でしてください。以上のように、我が国のみで対処するには限界があります、陛下」

そう言って司会進行役として場をまとめようとするのは、穏健派の宰相《さいしょう》だ。

アイゼンは宰相が次に放つだろう言葉を先読みできる。なぜなら最近の宰相は、何かと理由をつけてはそればかり話題にするからだ。

「そこでですね、わたくし、妙案《みょうあん》を思いつきました」

「結婚ならしない」

「そう結婚！　さすが聡明《そうめい》な陛下はわかっていらっしゃる。他国の姫《ひめ》を陛下が娶《めと》ることで、その持参金を元手に国庫を潤《うるお》しましょう。世の中金です。姫の持参金を馬鹿《ばか》にしてはなりません。過去には結婚政策によって戦わずして領土を拡大させていった国もありますからね。戦わずして勝つ！　なんて素敵《すてき》な響《ひび》きでしょう。戦争にかかる費用は一切《いっさい》なし。無料《ただ》で領土が手に入り、お金が自らやってきて、かわいい奥様まで手に入る。最高だと思いませんか？」

「今日は宰相に第二夫人をあてがう話だったか？」

「そう第二夫人！　なんなら第三、第四の側妃《そくひ》も持っていただいて結構ですよ、陛下」

ぴき、と額に青筋が浮《う》かぶ。この見た目だけ若い宰相歴六年目の男は、アイゼンでさえ食えない男だと警戒《けいかい》している。無駄《むだ》に長い、奴《やつ》ご自慢の灰色の髪《かみ》を怒《いか》りのままに切ってやりたいくらいだ。

「そなたは余に三度も議題を言わせるつもりか？」

「滅相《めっそう》もございません。わたくしはちゃんと議題に添《そ》ったご提案をしますとも。たとえば陛下が隣国《りんごく》のカマラの王女と結婚するとします」

「おい」

「カマラは農業が盛んな国です。我が国も大変お世話になっておりますね。しかしカマラでは農作業に従事する者が年々減少傾向《けいこう》にあり、人手不足が喫緊《きっきん》の課題となっているそうです。そこで移民が活躍《かつやく》します！」

まるで舞台《ぶたい》役者にでもなったかのように宰相が鷹揚《おうよう》に続ける。

「農業、それすなわち肉体労働。溢《あふ》れる移民をその担《にな》い手としてあてがうのはいかがでしょう。カマラの王女と結婚すれば、夫となった陛下の提案をカマラが断るとは思えません。そして姫の持参金は試算ごにょごにょですし、カマラの豊富な作物が手に入れば、我が国の貧困層も諸手《もろて》を挙げて陛下を称えることでしょう！」

はあ、とアイゼンはため息を隠《かく》さない。宰相と同じ穏健派は、見事な演奏でも聴《き》いた直後のように椅子《いす》から立ち上がって拍手《はくしゅ》を送っている。

確かにカマラ王国の豊かさは羨《うらや》むものがあるが、一番の問題をこの男は無視している。

「では訊《き》くが、そのカマラの王女、年齢《ねんれい》は？」

「今年で三歳になられました！　趣味《しゅみ》はお人形遊びです」

「余はそなたを殺したい」

「あは。陛下も冗談《じょうだん》を仰るんですねぇ」

「そもそもの話、宰相の案は対症療法《たいしょうりょうほう》と同じだ。余は根本から正せと言っている」

「根本ですか。わたくしもそれは大切だと思っておりますが、正直現段階では難しいので、まずは対処療法でいきません？　皆《みな》さんも陛下のご結婚を待ちわびておられますし」

「結局そこに着地させたいだけだろう、そなたらは」

強硬派は戦争を、穏健派はアイゼンの結婚を、それぞれ押し進めようとしてくる。正直どちらも味方な気がしない。

自身の結婚など、アイゼンは露《つゆ》ほども考えていなかった。

父王のように愚かな男に成り下がらないために。そして実の母のような思いを誰にもさせないために。

後継《こうけい》など、探せばいくらでも王家の血を引く者はいるのだから、自分が無理に結婚してまで残すものではないと思っている。

「もうよい。時間の無駄だった。戦争と結婚以外の話ができぬ貴殿《きでん》らに用はない。解散だ」

「いえ、ですが陛下」

「お待ちください陛下」

「もう少しお話を」

場が騒《ざわ》つく中、朗々と発言したのは騎士団長だった。

「陛下、まだご報告申し上げたいことがございます」

普段《ふだん》は政治に関係のないところで戦っている彼は、強硬派でも穏健派でもない。耳を傾《かたむ》ける価値がありそうだと判断し、アイゼンは無言で続きを促《うなが》した。

その意図を汲《く》み取った騎士団長が、一度頷《うなず》いてから口を開ける。

「移民ですが、先ほど宰相殿《さいしょうどの》が仰ったように、不法に我が国へ入国している者が増えているのは事実です。その中でも特に旅芸人一座の動きに不審《ふしん》な点があります」

「旅芸人一座？　この時期に奴らの入国が増えるのは毎年のことだろう。なぜそこに着目した？」

「陛下もご存じのとおり、もうすぐ年に一度のタプロン・カーニバルがトルニアで開かれます。世界中の一座が集まる盛大な祭りのため、我がグランカルストを経由してトルニアに入国する一座が増えるのは確かに毎年恒例《こうれい》の光景です。しかし、今年は例年より〝人国〟が増えているのです」

要するに、祭りが始まろうとする今の時期は〝出国〟が増えなければならないはずなのに、と騎士団長は言いたいのだろう。

例年、祭りの半月前にグランカルストへの入国が増え、祭りの直前から徐々《じょじょ》に出国が増えていく。そして祭りが終わると入国が増えていき、また少しすると出国が増える。この流れがこの時期の恒例とも言えるが、今年は様子が違《ちが》っているという。

「ほう、それはなかなか興味深い。よく気づいた。――宰相」

「はい、陛下」

「トルニアの女王に書簡を送れ。そうだな、最近獣害《じゅうがい》に苦しむ我が国民のため、余も共に豊穣《ほうじょう》を祈《いの》らせてほしいとでも書いておけ」

「承知いたしました。ですが陛下、そんなことを書けばあの女王に鼻で笑われそうですが、よろしいので？」

「今鼻で笑っているのはそなただがな。そなたも一緒《いっしょ》にどうだ？　確か以前、女王にこてんぱんにやられていたような……」

「はい皆さん！　ではこれで本日の会議は終了《しゅうりょう》です！　陛下御《おん》自らトルニアの協力を仰《あお》いでくれるということで、かいさーん！」

宰相の言葉に戸惑《とまど》うような視線を寄越《よこ》してきた大臣たちに、アイゼンはいつもの無愛想《ぶあいそう》な顔で答える。

「解散だ」

久々の他国訪問になるなと、重い腰《こし》を上げた。

第二章 ❖ 世間が狭すぎます

青い海、青い空、そして優雅《ゆうが》に浮かぶ白い雲。

海だー！ と叫《さけ》びながら砂浜《すなはま》を駆《か》けた前世の記憶《きおく》はないが、今はちょっとだけその衝動《しょうどう》に駆られている。

（海なんて久々に見たわ！）

それこそ、こうしてしっかり眺《なが》めるのは前世ぶりかもしれない。ざん、ざざん、と波の音が耳に心地《ここち》いい。全身を伸《の》ばしながら深呼吸をすれば、潮の香《かお》りが鼻を通る。

フェリシアたち一行は、すでにトルニアに入国し、今は首都のタプロンに向かっていた。その途中《とちゅう》で馬車の小窓から見えた海に興奮したフェリシアのため、ウィリアムが休憩《きゅうけい》を入れてくれたのだ。

「いいよ、フェリシア。近くで見たいなら行っておいで」

「いいんですか⁉ ありがとうございます！ ジェシカ、ライラ、一緒に行きましょう」

今回は長旅になるということと、お忍《しの》びということで、かなり人数を絞《しぼ》っての行程となった。

フェリシアとしてはいつも世話になっているライラやジェシカにこそ、この間に長期休暇《きゅうか》を取ってもらおうと考えたのだが、どうやら当の二人には余計な気遣《きづか》いだったらしい。随行《ずいこう》したいと願い出た二人と、同じく「じゃ、俺も行こ～」と軽い調子で手を挙げたゲイル、あとは御者《ぎょしゃ》を除けばウィリアムの騎士《きし》二人と侍従《じじゅう》一人を連れて、シャンゼルの国王夫妻の新婚《しんこん》旅行はスタートした。

「一緒に行こうって誘《さそ》ってもらえなくて残念ですね～、陛下」

「いいんだよ。私はこうしてはしゃぐフェリシアを眺めていたいから。見ろ、あんなに喜んで……これほど癒《い》やされる光景も他《ほか》にないと思わない？」

「俺、ちょっと本気で陛下に同情してきました」

ウィリアムたちがそんな会話を交《か》わしているなんて露知らず、フェリシアは久々の海を堪能《たんのう》する。

潮風は緩《ゆる》やかで、波も穏《おだ》やかだ。ざん、ざざん。ずっと聞いていられる。

せっかくならと、フェリシアは履《は》いていたブーツと靴下《ストッキング》を脱《ぬ》ぐと、長旅用のリネン製スカートの裾《すそ》を膝《ひざ》の高さまで捲《めく》った。

「フェリシア様⁉　何をなさって……！」

「ちょっと足だけ浸《つ》かってくるわね！」

ジェシカの止める声を背中に聞きながら、波打ち際《ぎわ》まで行ってそっと水の中に足を浸《ひた》す。

少し冷たいが、さすが温暖なトルニアだけあって足を浸すくらいなら特に問題はなさそうだ。

「ウィルー！　気持ちいいですよー！」

少し離《はな》れた場所でこちらの様子を見守っている彼に、元気良く手を振《ふ》った。

「わあ。王女さん、この長旅をものともしてないっすね。どこからあの元気が……あ、生《なま》あ――痛ぁっ!?」

「見るな」

「さっきは見ろって……！」

「おまえは情報収集時に古い情報を信じるのかい？」

「理不尽《りふじん》だ！」

ウィリアムは手を振り返してくれるが、なぜかその笑顔《えがお》が黒く見えるのは気のせいか。しかも彼の半歩後ろにいるゲイルが自分の顔を押さえて悶《もだ》えている。

「？」

小首を傾《かし》げたとき、タオルを持ってきたジェシカに危ないから戻《もど》るように言われて、大人しく海から上がる。

「ウィルは近くで見なくて良かったんですか？」

「うん。海より君の笑顔のほうが私の癒やしだからね。十分堪能できたよ」

「そ、そうですか」

そのセリフを平然と言ってのける彼に照れながら、フェリシアは馬車へ戻る。

トルニアには七日間ほど滞在《たいざい》する予定で、最初の四日間がタプロン・カーニバルの開催《かいさい》期間と重なる旅程だ。

タプロン・カーニバルとは、トルニアの首都タプロンで催《もよお》される、行く年の豊穣に感謝を捧《ささ》げ、来る年の豊穣を祈る儀式《ぎしき》が起源となる祭りで、トルニアで最も大きな祭りの一つらしい。

時代を経るごとに変化していった祭りは、今では世界中の旅芸人一座が一堂に会し、その技《わざ》を競《きそ》い合う場所にもなっているとか。最終日にはコンテストが開かれ、そこで優勝すればトルニアの王宮に招待してもらえる栄誉《えいよ》を授《さず》かることができるそうだ。

そのため、この時期は各国からトルニアへの旅行者が増えるらしい。

馬車の小窓から覗《のぞ》いた街中の風景に、フェリシアは感嘆《かんたん》の声を上げた。

「すごい人ですね、ウィル」

「これだけ人が多ければ、誰《だれ》も私たちのことなんてわからないだろうね。まさに木を隠《かく》すなら」

——森の中。

わざと言葉を重ねれば、二人して意味もなく笑い合う。

「確かに。これなら他国の王族がいてもわかりませんね」

「でも人が多い分、勝手にどこかに行かないでね」

「まあ、心外ですわ。ちゃあんとウィルの手を握《にぎ》ってますから、ウィルが放さない限りどこにも行きません」

「なら安心だ」

子ども扱《あつか》いされた意趣返《いしゅがえ》しに、ちょっとした意地悪を言葉に混ぜ込んでみたのに、ウィリアムの返事は通常どおりだ。むしろ「安心だ」なんて、言外に「私が放すわけがない」と言われたようでこちらのほうが恥《は》ずかしくなってしまう。

「ふ。フェリシアのほうが仕掛《しか》けてきたのに、そこで照れるんだ？」

「〜〜っ、意地悪」

「そうだよ。知らなかった？」

「知ってました！　もうっ」

小さな馬車二台での旅路のため、この馬車には二人しかいない。二人きりで良かった、とこういうときは特に思う。

「そういえば、最初は泊《と》まるところに向かうんですよね？　確かウィルの遠戚《えんせき》の方の家に」

「ああ。家主はとっくに亡《な》くなっていて、今は誰も住んでいないけれどね。彼の家族が思い出として残しているらしいよ。今回はそこを借りたんだ」

「でも本当に良かったんですの？　思い出の家に私たちが泊まってしまって」

「大丈夫《だいじょうぶ》だよ。その一家もトルニアに観光に来るときに使っているようだし、知り合いに貸すこともよくあるという話だから」

「そうですか。でしたらお言葉に甘えて」

「家は貴族のタウンハウスと同じ構造らしいから、なんだかフェリシアと私の新居みたいで私も楽しみにしているんだ」

嬉《うれ》しそうに言われて、全く意識していなかったフェリシアは慌《あわ》てた。だって、二人の新居という言葉が、なんだかこそばゆかったから。

「で、でもっ、ライラとかジェシカとかゲイルとか、みんないますけどね……！」

「ああ、うん。知ってる」

ウィリアムが遠い目をする。つい照れ隠しで言ってしまったが、言わないほうが良かったかもしれない。

やがて賑《にぎ》やかな街並みを抜《ぬ》け、馬車は邸宅《ていたく》街の一角で停止した。

まだ地平線に沈《しず》んでいないとはいえ、だいぶ陽《ひ》が傾《かたむ》いている。おそらくそれも相俟《あいま》って、この辺りの人通りは少ない。

「みんなお疲《つか》れ様。フェリシア、足元に気をつけて」

差し出されたウィリアムの手を借りて馬車を降りる。全員が降りたのを確認《かくにん》すると、馬で併走《へいそう》していた騎士たちと御者はどこかへと行ってしまった。

「ここは馬小屋も兼《か》ね備《そな》えているから、ライラたちはあとで来るよ。さあ、中へ入ろう」

ウィリアムの遠戚が所有するタウンハウスは、赤レンガ造りのシンプルな外観の邸宅だった。大きなサッシの窓がいくつもあり、ストレートな屋根が特徴的《とくちょう》だ。玄関《げんかん》へ続く小さな階段を上ったフェリシアは、ウィリアムの先導で邸宅内に足を踏《ふ》み入れる。

シンプルな外観とは対照的に、内装は豪華《ごうか》なものだった。

階段を上がった二階にある客間は、ワインレッドを基調としたベルベットのインテリアで揃《そろ》えられ、シャンデリアがぶら下がり、絵画に勝《まさ》るとも劣《おと》らない壁紙《かべがみ》で彩《いろど》られている。

「私たちの寝室《しんしつ》は三階にあるから、食事をとったら今日は早めに休もうか」

賛成です、とフェリシアも頷《うなず》いた。


枕《まくら》が変わっても眠《ねむ》れるフェリシアは、やはりこのときもぐっすり眠り、カーテン越《ご》しに日の光を感じて目を開けた。

この旅行中は侍女《じじょ》と侍従《じじゅう》によるモーニングコールはないため、ウィリアムはまだ夢の中にいるようだ。そしてやっぱり彼の腕《うで》の中にすっぽりと収められている自分に、思わず小さな笑みをこぼす。

「ん……」

　ウィリアムがわずかに身じろぎする。起きたのかと思ったけれど、彼の瞼《まぶた》はいまだ閉じられたままだ。おそらく寝《ね》たふりでもないだろう。

（ずっと忙《いそが》しかったものね。休みのときくらい寝坊《ねぼう》させてあげたいわ）

　朝から観光する予定ではあったけれど、こんな怠惰《たいだ》な朝もたまにはいい。王宮にいるときは常に国王として気を張っているウィリアムだ。彼が自然に起きるまでは、この心地《ここち》好さを味わいながら待っていよう。

（ふふ。幸せだなぁ）

　ウィリアムの胸に擦《す》り寄って、フェリシアももう一度目を閉じた。そのとき。

「いやーーっ！」

　階下から甲高《かんだか》い悲鳴が響《ひび》いてきた。

　何事かと起き上がる前に、寝ていたはずのウィリアムが素早《すばや》く起き上がって掛布《かけふ》ごとフェリシアを抱《だ》き寄せる。

　急に真っ暗になった視界に混乱した。さっきの悲鳴はおそらくジェシカのものだ。彼女は無事なのか。何が起こっているのか。

「――ゲイル！」

　ウィリアムが起きて早々声を荒《あら》らげる。

　フェリシアには何も見えていないが、間もなくしてゲイルの声が耳に届いた。

「確認してきました。すみません、なんでもないです。侍女さんが慣れない高い階段に躓《つまず》いて転げ落ちただけです」

（え！）

全然なんでもなくはない。

報告を聞いて警戒《けいかい》を解いたらしいウィリアムの力が緩《ゆる》んだので、その隙《すき》に掛布の中から抜け出した。

「そうか。ならいい」

「よくありませんわ！　ジェシカは大丈夫なの？」

「大丈夫っす。尻餅《しりもち》ついただけなんで」

「そう」

怪我《けが》がないなら良かったと安堵《あんど》するも、ウィリアムに視線を移して苦笑《くしょう》する。

「起きちゃいましたわね」

「強烈《きょうれつ》な目覚ましだった」

「侍女さんには注意しときまーす。じゃ、俺は退散しますね」

ゲイルが部屋から出て行くと、ウィリアムはフェリシアの前髪《まえがみ》をさらりと横に流して、おはようと額に唇《くちびる》を落とす。

「よく眠れたかい？」

「ええ。ウィルは？」

「私も。君が腕の中にいればどこでも安心して眠れるからね、私は」

彼がいつでもどこでも甘いのは今に始まったことではない。くすぐったいけれど、最初の頃《ころ》よりフェリシアも慣れつつある。

「あの、さっきですけど、守ろうとしてくれてありがとうございました」

「礼なんていいよ。当然のことをしただけなんだから」

ウィリアムにとってはそうかもしれないけれど、彼が与《あた》えてくれるもの全《すべ》てをフェリシアは当然だと思いたくなかった。

慢心《まんしん》して当たり前のように彼の優《やさ》しさを享受《きょうじゅ》するのは、妻と言えど違《ちが》うだろう。照れてしまってなかなか愛を口にできない分、感謝の思いはきちんと伝えたいと思っている。

「当然じゃありません。たとえそうだったとしても、感謝を伝えなくていい理由にはならないと思うんです。だから、ありがとう、ウィル」

「……うん、どういたしまして」

彼がふにゃりと力なく笑う。

「これだからフェリシアには敵《かな》わないよ」

「？　私たち喧嘩《けんか》してましたっけ」

「そういうところも敵わない」

今度はくすりと笑われたので、若干馬鹿《じゃっかんばか》にされたような気がしなくもないが、まあいいかとベッドから下りた。

それからは朝食をとり、身支度《みじたく》を調《ととの》えて、予定にあったタプロン観光に繰《く》り出した。

温暖な気候だと知っていたので、軽めの生地《きじ》であるシルクタフタのドレスを着て、日避《ひよ》けのためにボンネットを被《かぶ》る。お忍《しの》びと言えばお忍び旅行ではあるけれど、遠い国だからこそ変装などしなくても街を歩けるのはいい。

「本当に屋台がたくさん並んでますね。朝食を軽めにしておいて正解でしたわ」

「タプロンは港湾《こうわん》都市だから、周辺国のグルメもまとめて楽しめると思うよ。旅行の思い出に何か工芸品を買うのも楽しそうだね」

「賛成です！」

決して狭《せま》くはない道には、たくさんの人が行き交《か》っている。フェリシアたちと同等の装いをした紳士淑女《しんししゅくじょ》も見かける。

けれど一番目立っているのは、どこかの旅芸人一座の踊《おど》り子だろう男女たちだ。

カーニバルが開催《かいさい》されている期間、人々は、昼は特別に出ている屋台を楽しみ、最終日を除く夜はそこかしこで始まる一座のパフォーマンスを楽しむ。

だからその演者である踊り子たちの中には、昼から衣装に着替《きが》えてしまう人もいるようで、物珍《ものめずら》しいその格好は衆人の視線を集めている。彼らは頭や首元、胸元《むなもと》、腕、足首の至る所を華《はな》やかなアクセサリーで飾《かざ》っていて、フェリシアなんかは重そうだなという印象を受ける。

ただ、いくら暖かいとはいえ、下着のような格好は目のやり場に困ってしまう。

「前世の踊り子と同じね……」

「え？」

つい口から漏《も》らしてしまったひとり言に、ウィリアムが反応した。

「前世でも見たことがあるの？　ああいうの」

彼が一人の踊り子を目線で示す。フェリシアと同じ金髪《きんぱつ》で、けれど腰《こし》まで真っ直《す》ぐの長い髪《かみ》を持つ美人だ。ぎょっとするほど胸元が露《あら》わになっており、太ももまでスリットの入った大胆《だいたん》なスカートが彼女の白い足を魅力《みりょく》的に見せている。

フェリシアは反射的にウィリアムの両頰《りょうほほ》を掴《つか》んで自分に向けさせた。

「フェリシア？」

どうしたの？　とウィリアムの紫《むらさき》の瞳《ひとみ》がぱちくりと瞬《まばた》く。

「ぜ、前世でも、ありました。けど、身近なものじゃなかったので、誰《だれ》かが着ているところを見たのは初めてです」

「そうなんだ？　ところで、なんで私は顔を掴まれているんだろうね？」

「つ、つい？」

そう答えると、ウィリアムが小さく吹《ふ》き出した。

「心配しなくても、私の目にはフェリシアしか映ってないよ」

「うっ」

たまに思うけれど、彼はこちらの心が読めるのだろうか。一瞬《いっしゅん》でバレてしまったヤキモチが居た堪《たま》れない。

「ウィルはああいうの、好きですか？」

「え？ それはもしかして、フェリシアが着てくれるということ？」

「違いますっ。ただ好みを訊《き》いただけです！」

だって、彼はフェリシアが何を着ても褒《ほ》めてくれるけれど、そういえばどんな格好が好みなのかは聞いたことがなかったから。

「んー、特に自分の好みを意識したことはないかな。意識する前にフェリシアを好きになったから、私がかわいいと思うのは全部君に由来するというか、つまり君がかわいいというか……こんな行動も含《ふく》めてね」

彼の頬を摑んでいた手に、彼の手が重なる。顔が熱い。

「ちなみにフェリシア、念のために言っておくけれど」

「……なんですか」

「ああいう衣装、興味本位でも私以外の前で着てはいけないよ」

「それは大丈夫《だいじょうぶ》です。恥《は》ずかしくて絶対に着られませんから」

「前世でも着ていない？」

「え、ええ。それは、はい」

答えが少しだけ喉《のど》につっかえたのは、ウィリアムが珍《めずら》しくフェリシアの前世について訊《たず》ねてきたからだ。

「そう。それなら良かった」

そう言いながらも、前へ向き直った彼の横顔が、どこか憂《うれ》いを帯びているように見えて。

(この感じ、つい最近にも感じたような)

あれは確か、この世界のブラマンジェと前世のブラマンジェが違って驚《おどろ》いたという話をしたときだ。

あのときもウィリアムは、今と同じく物思いに耽《ふけ》るように少し遠くを見つめていた。

「ウィル？　どうかしましたか？」

「ん？　どうして？」

「いえ、その、なんとなく？」

「はは、なんとなくなんだ。でも大丈夫、なんでもないよ。それよりフェリシア、あっちで大道芸をやってるんだって。見に行こう」

ウィリアムにエスコートされながら、フェリシアは無視してはいけないような違和感《いわかん》を

純粋《じゅんすい》に彼らのパフォーマンスを楽しむ。

それでも大道芸を鑑賞《かんしょう》しているうちに違和感はどこかへと飛んでしまい、純粋《じゅんすい》に彼らのパフォーマンスを楽しむ。

他《ほか》にもウィリアムと共に様々な屋台を冷やかしたが、一番面白《おもしろ》かったのは、『シャンゼルの若き有能な王』というタイトルで売られていたウィリアムの姿絵だ。

子どもでも持ち帰れるほどコンパクトなサイズだが、おそらく本物を見て描《えが》いたわけではなさそうなそれに、フェリシアは笑いを堪《こら》えられなかった。

「ふ、ふふっ。ウィ、ウィルの、髪が、長くなってる。リボンで括《くく》って、目もきらきらしてる……！」

「何がどうしてこうなったんだろうね？　一度も髪を伸《の》ばしたことなんてないのに」

「ふふっ、これ、欲しいです」

「なんで？　似ているならまだしも、全く似ていないのに？」

「ちょっとちょっと、お客さん。それは失礼なんじゃない。これはかの有名な画家がシャンゼルに旅行したときに描いたものだよ。その画家の他の絵が、ありがたくもウィリアム陛下の目に留まってね。特別にご本人から描いてもいいという許可が出たんだ。これはその模写さ。だから間違《まちが》いなくウィリアム陛下のお姿だよ」

フェリシアはもうお腹《なか》を抱《かか》えるしかなかった。でもこんな往来で思いきり笑うのはさすがにはしたないとわかっているので、ウィリアムの背中に額を寄せて顔を隠《かく》させてもらう。

「……しかし店主、私も陛下の姿を拝見したことがあるが、髪は短かったし、こんなにきらきらしい男でもなかったように思うけれどね」

「馬鹿言っちゃあいけないよ、お客さん。ウィリアム陛下と言ったら艶《つや》のある長い髪がきれいな美男で有名じゃないか。その美貌《びぼう》で数多《あまた》の女性を誘惑《ゆうわく》した色男でもあるんだぜ」

「……ふうん、誘惑しましたの」

「えっ、フェリシア？　まさか本気にしてないよね？　違うことは君が一番よく知っているだろうっ？」

「おお。お嬢《じょう》さんはフェリシアって名前なのかい？　王妃《おうひ》様とおんなじ名前じゃあないか」

「え、ええ。そうですね」

だって本人だもの。

「実はな、王妃のフェリシア様は、この国の隣《となり》にあるグランカルスト王国のお姫《ひめ》様だったんだよ。まあ、といっても、フェリシア様はほとんど顔を見せなかった王女だったから、姿絵はないんだけどね。とてもお美しい方だという噂《うわさ》さ。色男であるウィリアム陛下を射止めたくらい美人で、気立ても良くて、この辺じゃあフェリシア様を理想の嫁《よめ》像にする男は多いんだ」

「えっ」

「へぇ……」

ウィリアムが不穏《ふおん》に目を細めたが、店主は全く気づかない。

「なにせほら、あんまり大きな声では言えないけど、うちの女王様が男前だろ？　上司としては最高だが、嫁さんとしてはちょっと、ってのが男どもが口を揃《そろ》えて言うことよ！」

がっはっは、と店主が大口を開けて笑う。

「ま、こういうのは実在を知らないほうが夢も膨《ふく》らむからな。それもあってフェリシア様の姿絵はあえて置いてないんだ。どうだい、ウィリアム陛下、買っていくかい？」

「買いますわ！」

「いや、結構」

せっかく旅行の思い出が手に入りそうだったのに、どんなにお願いしてもウィリアムは頷《うなず》いてくれなかった。

店を後にすると、二人は人通りの少ない脇道《わきみち》をゆっくりと歩く。

「あーあ、残念です。長髪《ちょうはつ》のウィルは貴重でしたのに」

「髪《かみ》の長さを抜《ぬ》きにしても似てなかったよね？　フェリシアが他の男の絵を買うようで嫌《いや》だよ」

「もしかしてそれで許してくれなかったんですか？」

「そうだと言うのは、さすがに重い？」

「ふふ、いいえ！　それならもう欲しいなんて言いません」

「……うん、ありがとう」

「ここでお礼を言うんですか？　変なウィル」

するとウィリアムは眉尻《まゆじり》を垂れ下げて。

「私も、感謝の気持ちはちゃんと口にしようと思って」

今朝の自分の言葉をなぞられて、ちょっとだけしてやられたと思ったフェリシアである。

「それで、次はどうしようか？」

「ずっと歩いてましたし、どこかのカフェでも――」

入りますか？　と提案しようとしたとき、視界に愛らしいものが過《よぎ》った。

「猫《ねこ》ちゃん！」

野良猫《のらねこ》だろう。フェリシアの声に反応したのか、尻尾《しっぽ》をゆらゆらと揺《ゆ》らしながらじっとこちらを見つめてくる。茶色のまだら模様が特徴《とくちょう》的で、くぁとあくびをしている。

「かわい～。久しぶりに見ました」

「フェリシアは猫が好きなの？」

「犬も好きです。でも両親がだめだと言うので、飼ったことはありませんけど」

「……それは前世で？」

何気なく放った言葉にそう返されて、一瞬《いっしゅん》きょとんとしたあと、遅《おく》れてウィリアムの質問を理解した。

「そ、そうですわね。前世でも、今世でも」

危ない。ウィリアムに前世を打ち明けてからというもの、箍《たが》が外れたようにその話をしてしまうのはあまり良いとは言えないだろう。今だって、何も考えずに前世の自分について話していたことに気づき、取って付けたように「今世でも」と付け加えた。

ただ、フェリシアの中で前世と今世の記憶《きおく》は混在しており、今までは内緒《ないしょ》にしていたから注意深く記憶を選別していたが、彼にだけはその必要がなくなったため油断してぽろりとこぼすことが多くなってしまった。

(さすがに気をつけなきゃ)

変に生まれてしまった沈黙《ちんもく》を打破するため、フェリシアは「ちょっといいですか」とウィリアムの腕《うで》を軽く引っ張った。

「実はさっき、見つけたものがあって」

「?」

道の端《はし》に連れて行くと、疎《まば》らに生えるエノコログサを一本手に取る。

前世では夏から秋にかけてよく見かけた雑草で、ブラシのように長い花穂《かすい》が特徴的な植物だ。

別名、猫じゃらし。

「ちょっとだけ遊んでもいいですか？」

「それで？　それって確か、エノコログサだよね？」

「はい！　猫じゃらしとも言うんですが、そっちは知ってましたか？」

「いや、初めて聞いたよ」

この名前は前世でも呼ばれていたが、今世でも同じように呼ばれているのでセーフだろう。

「猫ちゃんが大好きなおもちゃなんですよ」

先ほどの場所に戻《もど》ると、猫は変わらずのんびりと座り込んでいた。そこに穂先《ほさき》を揺らしたエノコログサを近づけたら、猫がぴくりと反応する。

最初はじっと穂先の行方《ゆくえ》を視線だけで追っていた猫が、突然《とつぜん》それを摑《つか》むように大ジャンプした。

「ね、こうして一緒《いっしょ》に遊ぶんです」

「すごい食いつきようだね。猫ってこんなに跳《と》ぶんだ」

「ふふ、初めて見ますか？」

「王宮には馬しかいないから」

確かに、王宮内で動物といえば馬以外に見たことがない。

それだけでなく、シャンゼルの王都では野良猫や野良犬も見かけたことがなかった。前に不思議に思って訊《き》いたところ、これには魔物《まもの》が関係しているという。

フェリシアやウィリアムのように瘴気《しょうき》が視《み》える人間は限られており、視えない人間にとって魔物は凶暴化《きょうぼう》した動物だ。そのため、シャンゼルでは必要がない限り動物を避《さ》ける傾《けい》向《こう》があるらしい。

「ちなみにですけど、この猫じゃらしも薬用に使えるみたいなんです。ただ、これは栽培《さいばい》すると繁殖《はんしょく》力が強すぎて他《ほか》の植物に影響《えいきょう》を与《あた》えちゃうので、育てたことはないんですよね。だから効果の程《ほど》は試《ため》したことがなくて」

「試さなくていいよ」

にっこり。笑顔《えがお》の圧力がかけられる。

負けじと同様に微笑《ほほえ》み返してみたが、誤魔化《ごまか》されてくれないウィリアムに腕を掴まれた。

「しれっとポケットに仕舞《しま》わない」

「うっ。でもシャンゼルの道端《みちばた》でこの子と出会ったことがなくて……」

ウィリアムとちょっとした格闘《かくとう》をしていたとき。

「誰《だれ》かぁ！　その男を捕《つか》まえて！　スリよ！」

少し低めの女性の声がして、反射的にそちらを振《ふ》り向いた。男が一人、フェリシアたちの方に向かって逃《に》げてくる。

ウィリアムがフェリシアを庇《かば》うようにさっと前へ出ると、そのウィリアムの前に素早《すばや》く二人の男女が躍《おど》り出た。そのうちの一人はライラだ。もう一人はウィリアムの騎士《きし》。お忍《しの》びなので二人とも一般人《いっぱん》にしか見えない格好をしている。

が、一般人にしては戦い慣れた調子で男の顔面と腹部に二人の拳《こぶし》がめり込んだ。

「ぐあっ」

そのまま男が持っていた鞄《かばん》をライラが奪《うば》い返し、ウィリアムの騎士が男を拘束《こうそく》する。ウィリアムとアイコンタクトを取った騎士は、男を連れてどこかへと行ってしまった。あっという間の出来事だった。

被害者《ひがいしゃ》らしき女性が駆《か》け寄ってくる。

「申し訳ございませんっ。取り返していただきありがとうございます」

髪は少し乱れているものの、彼女の着ている服が上等なものであることはひと目でわかった。

しかし貴族の女性にしては地味な色合いの服である。貴族令嬢《れいじょう》もしくは貴族令息の付き人か家庭教師だろうと当たりをつけていたとき、遅れて登場したのは、フェリシアとそう年齢《ねんれい》の変わらなそうな女性だった。

刺繍《ししゅう》がふんだんに施《ほどこ》されたドレスに、胸元《むなもと》には高そうな宝石の付いたネックレス。髪にはレースの飾《かざ》りが涼《すず》しげに揺れていて、明らかにどこかのご令嬢といった装いだ。

「初めまして。私の付き人がご迷惑《めいわく》をおかけしましたわ。とても優秀《ゆうしゅう》な護衛を雇《やと》ってらっしゃいますのね。見事なお手並みでした」

「とんでもない。彼らは自分の仕事をしただけですよ。──ライラ」

ウィリアムに名前を呼ばれたライラは、心得たように奪い返した鞄を付き人の手に渡《わた》した。そのまま一歩下がって待機する。ライラがさっきまでのように完全に姿を隠《かく》さないのは、初対面の彼女たちを警戒《けいかい》してのことだろう。

「この鞄の中には人へのプレゼントも入っていましたの。だから取り返していただけて本当に感謝しております。何かお礼をさせてくださいな」

「お気持ちだけいただきます」

ウィリアムがいつもの対外用の笑みで答える。

心の読めないフェリシアでも、なんとなくこのときの彼の心は読める気がした。

(邪魔《じゃま》するな、って思ってそう)

乾《かわ》いた笑みがこぼれる。彼の仮面の笑みが完璧《かんぺき》であればあるほど拒絶《きょぜつ》を表しているのだとは、最近知ったことだ。

「そうだわ！　では、仮装パーティーに招待させてくださいませ。失礼ながら同じ貴族とお見受け致《いた》しますが、私はお二人をこの国の社交界でお見かけしたことがございません。ということは、他国の方ではなくて？」

合ってる、と素直《すなお》に目を見開いたフェリシアの反応で、どうやら彼女は自分の考えに自信を持ったようだ。

「他国の方なら、今は観光中でしょう？　このタプロン・カーニバルを観にいらしたなら、貴族用のタプロン・カーニバルもぜひ楽しんで帰っていただきたいわ」

「貴族用のタプロン・カーニバル、ですか？」

　祭りが貴族とそれ以外で分かれているなんて知らなかったフェリシアは、興味本位で食いついてしまった。

「実はこの祭りの期間中、夜は王侯《おうこう》貴族と平民で楽しみ方が違《ちが》いますの。ちなみに、祭りの最終夜にコンテストが開かれることはご存じかしら？」

「それは、ええ」

「私たちは、その最終夜以外は夜に仮装パーティーを開きますの。羽目を外したいのは平民も王侯貴族も同じですから。それで、実は今夜、私の家も仮装パーティーを主催《しゆさい》しますの」

　そう言うと、彼女は軽く腰《こし》を折って。

「申《もう》し遅《おく》れました。私はカプト侯爵《こうしやく》家の次女、ジュリアと申します。助けてくださったお礼に、ぜひ我が家の仮装パーティーにお二人を招待させてくださいませ」

　ちらりとウィリアムを窺《うかが》う。彼は笑みを貼《は》りつけているものの、観察するような視線をジュリアに向けていた。

何かあるのだろうかと思ったとき、ジュリアが耳打ちしてくる。

「もちろん、仮装パーティーの衣装は私がお貸ししますので、彼に着せたいものがあったら遠慮《えんりょ》なく言ってくださいませね」

彼なら何を着せても似合いそうですわね、と彼女がウインクする。

フェリシアは思った。これも旅の思い出になるのでは、と。

だからウィリアムの仮装姿が見たいとか、そんな下心は断じて持っていない。持っていないが、せっかくのお誘《さそ》いでもある。

それに、現地で知り合った人と親睦《しんぼく》を深めるというのも、旅の醍醐味《だいごみ》だろう。

「ウィル、せっかくですし、ご招待にあずかりませんか」

すると、今度はウィリアムがフェリシアの耳元に口を寄せてくる。

「彼女に何を言われたの？」

「えっ。いえ、特に変なことは。単純に楽しそうですし、旅の思い出になるかなと思いまして」

「フェリシア。正直に言ってごらん？」

どうやら隠し通すことはできないらしい。

「正直に言いますと、ウィルの仮装を見たいなぁ、なんて」

「私の？　……そんなに見たい？」

「！　見せていただけるなら」

即答《そくとう》したらウィリアムが苦笑《くしょう》した。

「わかった。いいよ。私の気にしすぎかもしれないしね」

彼が最後にぽそりと何かを呟《つぶや》いたが、残念ながらフェリシアの耳には届かなかった。

「ではご厚意《こうい》に甘えさせていただきます、カプト侯爵令嬢。ただ、我々はあまり身分を公《おおやけ》にしたくはないのですが」

「問題ございませんわ。仮装パーティーは仮面舞踏会《ぶとう》と違って正体を隠す趣旨《しゅし》はございませんが、通常のパーティーより無礼講ですし、面倒《めんどう》な挨拶《あいさつ》もしないのが暗黙《あんもく》のルールですの。なぜなら仮装は、その人ではない別の誰かに扮《ふん》するものですからね」

「なるほど。そうしてしがらみを忘れて楽しむもの、ということですか」

「そういうことです」

落ち合う時間と場所を決めた両者は、いったんここで解散した。


タプロン・カーニバルで貴族が仮装パーティーをするようになったのは、意外にも近年のことだという。

最初は仮面舞踏会だったらしいが、風紀の乱れを危惧《きぐ》した時の王が仮装パーティーに変えたのだとか。

ジュリアに衣装を貸してもらったフェリシアたちは、侯爵家自慢《じまん》の大広間《ホール》にいた。いくつものシャンデリアが煌《きら》びやかに会場内を照らし、一角には楽団、一角には料理の並んだスペースが確保されていて、よく見る舞踏会の様相が広がっている。

が、会場内で談笑を楽しむ人々は、一般的な舞踏会で着るような正装ではなく、様々な仮装をしている。妖精《ようせい》、海賊《かいぞく》、悪魔《あくま》などなど。中には甲冑《かっちゅう》姿の人もいて驚《おどろ》いた。

ここにお調子者のゲイルがいれば誰《だれ》よりもテンションを上げたかもしれないが、残念ながら護衛騎士《きし》を含《ふく》む使用人は専用の待機部屋にいるのでここにはいない。

「フェリシア、そろそろこっちを向いて？　私を見てからずっと顔を隠しているけど、もしかして見るに堪《た》えないほど似合ってなかった？」

「～っ違い、ます。似合いすぎて混乱してるんですっ」

本当に、ジュリアには感謝したい。前世のコスプレほどこの世界の仮装の種類は多くはなかったが、その中で見つけた吸血鬼《きゅうけつき》の衣装は、この国で色男と名高いウィリアムに大変よく似合っていた。

彼の白い肌《はだ》と艶《つや》やかな黒い髪《かみ》は、衣装の黒と赤にとてもよく映《は》えている。

「色気がもう……」

「うん？」

「いえ、なんでもありません」

一方フェリシアは、無難に魔女《まじょ》の衣装にしようとしたところで、ウィリアムによってチーパオと呼ばれる他国の民族衣装に変更《へんこう》させられた。

いや、フェリシアは知っている。前世の自分は、これをチャイナドレスと呼んでいた。

濃《こ》い青色の生地《きじ》に黒のレースが映えており、スリットは入っているけれど、ロング丈《たけ》だったので足の露出《ろしゅつ》が少なくて承諾《しょうだく》したのだ。

ただ首回りは黒のレースのみのイリュージョン・ネックとなっているので、一般的《いっぱん》に見るチャイナドレスとはそこが違う。これがこの世界の普通《ふつう》なのか、それとも仮装用にアレンジをきかせたものなのか、フェリシアには判別できなかった。

とりあえず、袖丈《そでたけ》が異様に短いので、肘《ひじ》まで覆《おお》うグローブもつけてもらった次第《しだい》である。

(指輪はグローブの下につけておこう。失《な》くしたくないものね)

ちなみに、なぜこれを選んだのかウィリアムに訊《き》いたところ、一番新鮮《しんせん》みがありそうだったから、との答えだった。

「ほら、フェリシア。壁《かべ》の花になっていないで、せっかくのパーティーを楽しもう？　ここはシャンゼルじゃないから堅苦《かたくる》しいことは気にしなくていいし、おいしい料理もたくさん食べられるよ。ね？」

「そ、そうですね。楽しまないと損ですわよね」

直視すると彼の色気に中《あ》てられてしまいそうだったので顔を手で覆っていたが、いつまでもそうしているわけにはいかない。覚悟《かくご》を決めて両手を外した。

「やっと顔を見せてくれたね。それにしても……ねぇ、フェリシア」

「はい」

「やっぱり衣装を変えようか？　この服を選んだのは失敗だったかもしれない。こんなに身体《からだ》のラインが出るとは思わなかったな。ドレスのときでさえ華奢《きゃしゃ》だと思ってたのに、これだと余計に華奢なところが強調されて可憐《かれん》な妖精にしか見えない」

「ようっ……!?」

「すぐに悪魔に食べられそう」

「食べ……!?」

「やっぱりもう帰ろうか？」

「まだ来たばかりですよ!?」

そうなんだけどね、とウィリアムは難しい顔をする。

このままでは豪華《ごうか》な食事にありつく前に本当に帰ってしまいそうだ。美食の国と謳《うた》われるトルニアの料理——それも侯爵家のお抱《かか》えシェフが作ったものを一口も食べずに帰るなんてありえない。

パーティーは立食式なので、フェリシアはウィリアムの腕《うで》に自分の腕を絡《から》めて、料理が提供されている一角へ誘導《ゆうどう》した。

「今はパーティーを楽しむんでしょう？」

「そうだった。さっき私がそう言ってしまったね。帰るのは諦《あきら》めるから、ちょっと待って。意外と人が多くて、あまり速く歩くとぶつかる――っと、失礼」

どうやら言ったそばからすれ違《ちが》った人と肩《かた》がぶつかったウィリアムが足を止めた。

自動的にフェリシアも足を止め、一緒《いっしょ》に謝ろうとしたが。

「いや、こちらこそ失礼……――ウィリアム殿《どの》？」

「……その声はまさか、義兄上《あにうえ》？」

――え、なんで？

両者共に声を失う。フェリシアも聞き覚えのありすぎる声の持ち主を凝視《ぎょうし》した。

しかし相手は仮面舞踏会でもないのに仮面で顔の半分を隠《かく》しているので、その素顔《すがお》を見ることは叶《かな》わない。

ただ、相手から醸《かも》し出される雰囲気《ふんいき》や声、背格好は、よく知る人物のものだと勘《かん》が告げている。

互《たが》いに硬直《こうちょく》するなか、最初に復活したのはウィリアムだった。

「やはり義兄上じゃありませんか。ご無沙汰《ぶさた》しています。見たところお変わりなさそうで何よりです。ただ、私の記憶《きおく》が間違っていなければ、ここはグランカルストではなくトルニア王国のはず。なのになぜ他国の王である義兄上がここにいるんです？」

ウィリアムがいつもの輝《かがや》かしい仮面の笑《え》みで棘《とげ》のある言葉を吐《は》く。完全に邪魔者《じゃまもの》を見る目だ。

対するアイゼンもまた、いつもどおりの仏頂面《ぶっちょうづら》で尊大に答えた。

「ふん、それはこちらのセリフだ。ここはトルニア。シャンゼルの王がなぜ遠く離《はな》れたここにいる？　就任早々国を離れられるとは、シャンゼルは平和で羨《うらや》ましいな」

「そうですね。何事も平和が一番です。ですがその言葉、フェリシアが最初に我が国に来たときのあなたにも贈《おく》って差し上げたい」

バチバチッと幻《まぼろし》の火花が散る。この光景も久しぶりだなと思いながら、フェリシアは世間の狭《せま》さを内心で嘆《なげ》いた。

「ま、まあまあお二人とも。せっかくのパーティーなんですから、不穏《ふおん》な空気を出すのはやめましょう？　お兄様も素敵《すてき》な仮装で――えっと、仮装、で……？」

言いながら首を捻《ひね》る。アイゼンの格好を上から下まで眺《なが》めてみたが、残念ながらフェリシアには兄がなんの仮装をしているのか判断できなかった。

なぜなら、顔を隠す仮面以外は、たまに見かける正装とそんなに変わらない格好に見えたからだ。

違うところと言えば、胸元《むなもと》にじゃらじゃらとぶら下がっているメダルだろうか。いや、よく見るとたまの正装とは確かに違うところもある。あるけれど、兄は以前、これとよく

似ている服を着ていたような気もした。

「お兄様は、あれですか？　お顔を隠しているから、シャイな国王の仮装とか？」

「誰《だれ》がシャイだ。そもそも王が王の仮装をしてどうする。王妃《おうひ》になってもそなたの阿呆《あほう》は変わらんな」

「お兄様も相変わらず憎《にく》まれ口ばかりですが、本気でわかりません。ウィルはわかります？」

「さあ。興味がないからわからないな」

「ちょっとウィル、笑顔で喧嘩《けんか》を売らないでください」

「ふん。そう言う貴殿《きでん》はなんだ？　吸血鬼か？　安っぽい仮装だな」

「だめですわお兄様。それはウィルじゃなくてカプト侯爵《こうしゃく》家に喧嘩を売ってます」

「なに？　カプト侯爵家だと？」

予想外に鋭《するど》い声が飛んできて、目を丸くする。

しかしこれまた予想外なことに、ウィリアムが食いつくように小声で反応した。

「カプト侯爵家がどうかしたんですか、義兄上」

「……どうもしない。と、言いたいところだが、こちらとしては貴殿がここにいることが気持ち悪い。しかもこのタイミングで」

「含《ふく》ませますね」

「いいから、もう一度訊く。なぜ遠国の王族である貴殿がここにいる？　まさか侯爵家と交流があるわけでもあるまい」

予想外な展開にフェリシアは自分の夫と兄を見比べた。

今回は本当に偶然《ぐうぜん》招待されてこの場にいるだけなので、兄の思うような厄介《やっかい》事を抱えているわけではない。

むしろ兄のほうが厄介事を抱えていそうな雰囲気に、フェリシアは喉奥《のどおく》で唸《うな》った。

「お兄様、私たちは本当に新婚《しんこん》旅行でこの国に来ただけですわ。ここにいるのも、偶然知り合った方が侯爵家のご令嬢《れいじょう》で、招待されたから受けただけです」

「偶然知り合っただと？」

「フェリシアの言うとおりです。ですから私としては義兄上のその反応のほうが気になるんですが？　逆に義兄上はなぜここに？　カプト侯爵家とは以前から交流が？」

「誰が貴殿なんかに……」

「お兄様。先に訊いてきたのはそちらですよ？」

ウィリアムに加勢したら兄に睨《にら》まれたが、負けじとフェリシアも睨み返す。

両者とも譲《ゆず》らずにいたところ、外野からくすくすと笑う声が聞こえてきた。パーティー会場で何をやっているのかと、その笑い声で正気に返る。

すると、フェリシアたちの許《もと》に、その声の主が堂々と現れた。

「あの泣く子をさらに泣かせる仏頂面のこの男に、そこまで言い返せる女性がいるとは驚《おどろ》いた。面白《おもしろ》いものを見せてもらったよ、お嬢さん」

威風堂々《いふうどうどう》としたオーラに圧倒《あっとう》される。目鼻立ちのはっきりとした女性だと思ったけれど、その格好は燕尾服《えんびふく》にステッキを持ち、顔の半分を白いマスクで隠した紳士《しんし》だ。髪《かみ》はオールバックでまとめていて、長い毛先を後ろで一つに束ねた姿は中性的でもある。

声はアルトに近く、やはり女性だろうと思うのに、意志の強さが窺《うかが》える切れ長の青い瞳《ひとみ》は野性的で、やっぱり男性かもしれないと思わせる何かがある。

男装の麗人《れいじん》──その言葉がぴったりとはまる人物だった。

「なあ、お嬢さんも彼の仮装はつまらないと思うだろう？　これ、軍服なんだよ。仮面をしているのは戦場で顔に火傷《やけど》を負ったからという設定なんだが、そんな細かい設定は誰も気にしない。だったら何もこんなところで軍人の仮装なんてしなくても、私が用意した海賊《かいぞく》の仮装で良かったと思わないかい？　軍服なんてどうせ昔は嫌《いや》というほど着ていただろうに」

「ふん。賊の真似事《まねごと》など誰がやるか」

あの兄にここまで気安く接することができるなんて、とフェリシアも驚《おどろ》いた。

そんなフェリシアの耳元に、ウィリアムの息がかかる。

「フェリシア、顔は半分隠れているけれど、間違いない。彼女がこのトルニアの女王、フランチェスカ・エルザ・トルニアだよ。覚えておくといい」

その正体にびっくりしてウィリアムを振《ふ》り返りそうになったが、なんとか堪《こら》える。

シャンゼルの貴族とその周辺国の重要人物は頭に叩《たた》き込んだフェリシアも、遠く離れた国の王侯《おうこう》貴族まではまだ把《は》握《あく》できていなかった。

いや、名前だけなら知っている。

けれど前世のようにインターネットという便利なものがないこの世界、離れたところにいる人物の顔まで把握するのはなかなか難しいのだ。街で見かけたウィリアムの姿絵がいい例だろう。

「それと、向こうが名を明かさないうちは私たちも黙《だま》っていよう。同じように気軽にパーティーを楽しむために名乗らない場合もあるからね。そうでなくても、こちらから名乗るのは得策じゃない」

「？　わかりましたわ」

フェリシアが頷《うなず》いたのを確認《かくにん》したウィリアムは、外用の笑顔でフランチェスカに向き直った。

「ところで、一つ訂正《ていせい》させてください。彼女は『お嬢さん』ではなく、私の妻です」

「なんと。こんなに愛らしいのにすでに人のものだったか。残念だ」

「ええ、私のものですので、戯《たわむ》れでも手を出したら容赦《ようしゃ》しませんよ」

「おお怖《こわ》い」

フェリシアは軽く咳払《せきばら》いしてウィリアムに抗議《こうぎ》する。相手は女性だ。同性に何をそんなに警戒《けいかい》する必要があるのだろう。

その様子を見ていた兄が呆《あき》れたように嘆息《たんそく》した。

「なるほど。その過保護は結婚《けっこん》して時が経《た》った今でも健在か。どうりで愚妹《ぐまい》が成長していないわけだ。相変わらず余裕《よゆう》のない男だな」

「さて、なんのことだか」

そのとき、アイゼンの言葉にフランチェスカが反応した。

「ちょっと待て。愚妹だと？　すると何か、私の耳が正しいなら君は……いや、ここではやめておこう。ヴァイス、先に外にいる」

フランチェスカは劇役者のように優雅《ゆうが》に一礼すると、そのまま人混《ひとご》みに紛《まぎ》れていってしまった。

ここで空気を読むのなら、彼女の呼んだ「ヴァイス」という名前はアイゼンのことを指すのだろうとわかる。安直ではあるものの、彼らが自分の正体を隠《かく》していることをフェリシアたちに気づかせるには十分すぎるひと言だった。

(仮面舞踏会《ぶとうかい》でもないのに二人とも顔を隠しているのは、そういうこと？)

といっても、他《ほか》の招待客の中にも仮面で素顔《すがお》が見えない者は何人かいる。ただの考えすぎだと言われればそれまでかもしれないが、視線の合ったウィリアムが頷いたのでフェリシアの中に緊張感《きんちょうかん》が生まれた。

わからないのは、なぜ二人が正体を隠しているか、だ。

（単純な理由であってほしいけど、そんな理由でお兄様が他国に来てまで仮装するはずないわよね……）

良くも悪くも兄のことは知っている。兄は滅多《めった》に冗談《じょうだん》なんて言わないし、ノリで仮装を楽しむタイプでもない。

趣味《しゅみ》という趣味もなさそうで、ひたすら公務に励《はげ》む姿ばかり見てきた。兄が笑うのなんて、今思えばフェリシアをいじり倒《たお》していたときくらいではないだろうか。それだって、笑顔《えがお》というよりは単に意地の悪い顔だったけれど。

いつも仏頂面《ぶっちょうづら》で、その眉間《みけん》から皺《しわ》が消えるときなんて――おそらくだが、人気《ひとけ》のないベンチに座って古びた一つの離宮《りきゅう》をぼーっと眺《なが》めているときくらいだったと思う。

その離宮は、昔フェリシアが母と共に住んでいた宮殿《きゅうでん》である。母が亡《な》くなってからは、父の命令で誰《だれ》も入れなくなってしまった無人の宮殿。

たまたまそんな兄を見つけたフェリシアは、いつもなら日頃《ひごろ》の仕返しの一つでもしていたところだが、兄の何かを懐《なつ》かしむような表情に負けてその場をこっそりと立ち去ったのだった。

「──それで？　貴殿らはカーニバルに参加するのは初めてか？」

すると、何を今さら、という質問が兄から発せられる。

何かに気づいたらしいウィリアムがすかさず首肯《しゅこう》した。

「なら、庭園で催《もよお》されているダンスパーティーも一興だ。そこでは社交ダンスではなく、豊穣《ほうじょう》を祈《いの》るなんでもありのダンスを各々《おのおの》が自由に楽しんでいる」

「へぇ、興味深いですね。ぜひ我々も参加したいのですが」

「案内しよう」

白々しいとは、今の彼らを言うのだろう。兄は棒読みだし、ウィリアムは笑顔が作り物らしく微動《びどう》だにしない。

居心地《いごこち》の悪さを感じながらも、さすがのフェリシアだって兄とフランチェスカが自分たちを会場から出そうとしていることはわかった。

(じゃあ、大人しくついていくのがいいのかしらね)

ふう、と小さく息を吐《は》いて、兄の案内に従う。

庭園では、それなりの人が円形の噴水《ふんすい》を囲んでダンスに興じており、大広間に流れる優美な曲とは違《ちが》う陽気な音楽が奏《かな》でられていた。

このパーティーのために準備したのだろうか、庭園を巡《めぐ》るようにたくさんの光が灯《とも》されていて、ここが貴族の屋敷《やしき》であることを忘れさせる雰囲気《ふんいき》がある。

まるでそう、一般市民《いっぱん》のお祭りのような賑《にぎ》やかさがあって、窮屈《きゅうくつ》な貴族社会から解放されたような気分を味わう。

「――この雑音が、互《たが》いの会話を掻《か》き消してくれると思わないかい？」

庭園には、休憩《きゅうけい》や歓談《かんだん》用のテーブルや椅子《いす》も散らばって用意されていた。その一つにアイゼンが近寄ったとき、先にそこにいたフランチェスカがフェリシアたちを横目で見ながら言う。

「大広間《なか》は主催者《しゅさいしゃ》の目があるから。悪いね、移動させてしまって」

彼女は手に持っていたワイングラスの中身を一気に飲み干すと、空になったグラスをテーブルに置いた。

「先ほどは失礼した。申《もう》し遅《おく》れたが、私はフランチェスカ・エルザ・トルニア。このトルニアの女王だ。訳あって正体を隠して参加していてね。あの場で名乗るわけにはいかなかったんだ。だが、相手が今話題のシャンゼル王とその王妃《おうひ》となれば、挨拶《あいさつ》をしないわけにはいかないだろう？　運命の悪戯《いたずら》に感謝しよう。会えて光栄だ」

「こちらこそ、会えて光栄ですよ。改めて、私がシャンゼルの王ウィリアム・フォン・シャンゼルで、彼女が妻のフェリシアです」

「初めまして、フェリシアと申します」

「ははっ。まったく、シャンゼル王には一杯《いっぱい》食わされたよ。全く驚《おどろ》かないその様子からして、私の正体には最初から気づいていたな？　名乗らなかったのは気を遣《つか》ってか、それとも我が国の風習を知っていてか」

「さて、どうでしょうね」

「というより、単に底意地が悪いだけだ。この男の場合は」

「君がそれを言うのか、グランカルスト王」

勝手に進んでいく会話を聞くともなしに聞きながら、フェリシアは脳をフル回転させた。外に連れ出されたのは、どうやら予想どおり周囲の目を気にした結果のようだ。アイゼンとフランチェスカが正体を隠していることも的中した。

そして、ウィリアムが先ほど「こちらから名乗らないほうがいい」と言った理由は、おそらく後者――トルニアの風習を知っていたからだろうと内心で考える。

そういえばトルニアには下位の者が先に名乗る風習があると、何かの本で読んだことを今さらながら思い出す。彼は舐《な》められないためにあえて名乗らなかったに違いない。

（どこにいっても、王侯《おうこう》貴族の社会は変わらないのね）

場所が変わろうと、役者が揃《そろ》えばどんな些細《ささい》な会話でも腹の探《さぐ》り合いが始まる。

それが王族。それが社交界。自分が闘《たたか》っていく舞台《ぶたい》。

フェリシアはきゅっと奥歯を噛《か》んだ。たとえプライベートといえど、いつだって油断してはいけない場所に立っているくせに、ウィリアムの意図に気づくのが遅れた自分に失望した。

「まったく、こちらは姿絵にすっかり騙《だま》されてしまったよ。シャンゼル王は長髪《ちょうはつ》だと思い込んでいた」

「人の噂《うわさ》ほど当てにならないものはないですから」

「目も姿絵はやけにきらきらしかったが、本物は心の内まで見透《みす》かすような鋭《するど》さがあってかわいらしさの欠片《かけら》もないな。まさか君がわざと描《か》かせたわけじゃあないだろうね？」

「まさか。あんなもので油断してくれると知っていたなら、もっと滑稽《こっけい》に描かせていますよ」

「ふむ。確かにグランカルスト王の言うとおり、シャンゼル王はなかなか底意地が悪いようだ」

　こうしてウィリアムと対等に話す誰《だれ》かを見るのは久しぶりかもしれない。シャンゼルではだいたい彼の口八丁手八丁に翻弄《ほんろう》された貴族が、早々に白旗を上げることが多いから。けれど、フランチェスカは勝《まさ》るとも劣《おと》っていない。

　それが自分でも言い表せられない妙《みょう》な感覚を連れてくる。焦燥《しょうそう》のような。慚愧《ざんき》のような。そこに困惑《こんわく》もちょっぴりと混ざっている。

「何を固まっている。その間抜《まぬ》け面《づら》を引っ込めろ、フェリシア」

「お兄様。間抜け面ってなんですか」

「事実だぞ。鏡でも見てきたらどうだ」

くくっと喉奥《のどおく》を震《ふる》わせて、兄はいつもの意地悪な顔で笑う。

その間にもウィリアムとフランチェスカの会話は続いている。

「別にいいです。ただ私は、すごいなと」

「すごい？　何がだ」

「フランチェスカ様です。同じ女性なのに、あのウィルと対等に話してらっしゃるので。私なんて二人の会話についていくのも大変ですもの。それが羨《うらや》ましいというか、なんというか」

たぶんこのとき、フェリシアは自分で思っていた以上に動揺《どうよう》していた。

重ねて言うが、あのウィリアムと対等に話せる人間は本当にわずかなのだ。それは身分の問題ではなく、ほとんどの者がウィリアムに言い含《ふく》められてしまうからだ。

だから、同じ女性なのに負けていないフランチェスカを目の当《ま》たりにして、なんだか置いてけぼりを食《く》らったような気分になってしまった。

そんなフェリシアを、兄の冷ややかな視線と声が叱責《しっせき》する。

「何を言うかと思えば、つまらん」

「え？」

「他人を見て羨むなど怠《なま》け者の証拠《しょうこ》だぞ」

「怠け者って……」

いくらなんでもそれは酷《ひど》い言い草だ。そう思うのに、いつもすらすらと出てくる反論が口から出てこない。

「そなたはいつからそんな人間に成り下がった？　羨むのは、自分にはできないと早々に諦《あきら》めているからだろう。少しウィリアム殿《どの》に甘やかされすぎているのではないか」

「そんな、ことは」

ないと言い切れないのは、兄の言葉がぐさりと胸に刺《さ》さったからだ。

諦めているというのも、ウィリアムに甘やかされているというのも、身に覚えがあった。というのも、王妃になって多くの公務をこなすようになったが、その仕事量にいまだ慣れず、目の前のことをやるので精一杯《せいいっぱい》な自分を自覚しているからだ。

ウィリアムのようにてきぱきとこなせないのは仕方ないと、無意識に思っていたことを暴《あば》かれた気分だった。

「弱音も簡単に吐くな。昔は『私なんて』と余に弱音を吐くような軟弱者《なんじゃくもの》ではなかったはずだ。いいか、一つ訊《き》く——そなたは誰《だれ》だ、フェリシア」

久しぶりに見る、絶対零度《れいど》のオーラを纏《まと》った兄。

これまで兄から受けた嫌《いや》がらせの数々の中でも、これほどフェリシアを蔑《さげす》む瞳《ひとみ》は見たことがない。そのせいで答えがたどたどしくなってしまう。

「私、は、フェリシア、フォン、シャンゼルです」

「そして余は誰だ」

「お兄様は、アイゼン、ヴァイスラー……アイゼン・ヴァイスラー・オブ・グランカルストです」

「そうだ。なら余の言いたいことはわかるな？」

ここまで導いてもらって「わからない」と言った日には本気で見捨てられそうだ。

兄がわざわざ名前を答えさせたのは、そこにそれぞれの国名を背負っているからだ。自覚を持て、と言外に窘《たしな》められている。

「忘れるな、フェリシア。何気なく吐いた弱音が弱点となり、その弱点が国を滅《ほろ》ぼす一因となることもある。そうなったとき、そなたは責任を取れるのか？」

ひゅっと息を呑《の》む。

兄に愚痴《ぐち》をこぼしただけだと、そんな軽口を叩《たた》ける雰囲気《ふんいき》ではない。

それに、自分の中に反抗心《はんこう》が生まれないということは、自分でも理解しているからだろう。兄の言うことが正しいと。

これまで些細な失言で身を滅ぼした貴族を、何人見てきたことだろう。

小さなきっかけで起きた戦争を、何度歴史の中に見てきたことだろう。

フェリシアは王妃だ。

その発言は、行動は、全《すべ》て国のものと同義である。

「自覚が足りぬ。その身はもう、王女ではないのだぞ」

ぎゅうっと服を握《にぎ》りしめる。正論がこんなにも痛いのは初めてだ。

自分の仮装姿が視界に入ると、ウィリアムと過ごせる時間に浮《う》かれていた自分を思い出して猛烈《もうれつ》に恥《は》ずかしくなった。

それだけじゃない。

ウィリアムが忙《いそが》しくて、寂《さび》しいと思っていた自分。

言われたことだけをこなして、やった気になっていた自分。

わがままは言えないと我慢《がまん》していたけれど、そんな自分さえ、今は恥ずかしく思えて仕方ない。

ウィリアムと共に良い国を造るのだと決意したはずなのに、無意識のうちに甘えていた。

しかもそれを兄に指摘《してき》されて初めて自覚するなんて、情けなさすぎてこの場から消えてしまいたい衝動《しょうどう》に駆《か》られる。

「――さて、せっかくの祭りだというのに食えない男とばかり会話していても味気ないな。フェリシア王妃《おうひ》、もし良ければ女同士で少し話さないか」

兄の叱責にショックを受けていたフェリシアは、その誘《さそ》いにすぐに反応できなかった。

ウィリアムがそんなフェリシアを心配し、顔を覗《のぞ》き込もうとしてくる。

でも今はまずい。絶対に気づかれる。けれどこんな自分に気づかれるなんて、それこそ羞恥心《しゅうちしん》で死にたくなりそうだ。

フェリシアは慌《あわ》ててフランチェスカの誘いに乗った。

「ええ、ぜひ。トルニアについて教えていただけましたら幸いです」

「決まりだな。じゃあ男性諸君、私たちは客間に行くから、君たちは二人で仲を深めるといいよ。庭園の奥にあるガゼボなら人も来なくてロマンチックだ」

「いいえ、義兄上《あにうえ》とはとっくに仲を深めましたので気遣《きづか》いは不要です。それとも、妻との時間を邪魔《じゃま》するのがトルニアとグランカルストのやり方ですか？」

「そうだな。余としては貴殿《きでん》と深めた仲など全く心当たりがないから、女王の心遣いを無駄《むだ》にせぬよう受け取っておこう。だがガゼボは鳥肌《とりはだ》が立つから却下《きゃっか》だ。適当な場所で話そう」

これに一番驚《おどろ》いたのはウィリアムだ。

「久々に溺愛《できあい》する妹に会えて脳が異常を来《きた》しましたか、義兄上。そちらのいざこざに私たちを巻き込まないでいただきたい」

「さて、どちらが巻き込んだのか……。フェリシアを思うなら黙《だま》ってついてこい」

心の中でウィリアムに謝りながら、フェリシアはフランチェスカと共に庭園を後にした。

フランチェスカについていった先は、休憩《きゅうけい》用として用意されている一室だった。

部屋の中ではすでに数人の婦人が談笑《だんしょう》していて、フランチェスカの姿を認めた彼女たちが一斉《いっせい》に席から立ち上がる。

「紹介《しょうかい》しよう。こちらがスコンティ公爵《こうしゃく》夫人で、その隣《となり》がオルドー辺境伯爵《はくしゃく》夫人、さらにその隣がコンティノーマ伯爵夫人だ。みんな、こちらはシャンゼルのフェリシア王妃だ。私が夫君から奪《うば》ってきた」

「あらまあ、陛下ったら。またすごい御方《おかた》を連れて来ましたのね。初めまして、アンナ・スコンティですわ」

「シャンゼル国王の恨《うら》みを買っても知りませんよ、陛下。ヨランダ・オルドーです。よろしくお願いしますわ」

「ティーナ・コンティノーマと申します」

全員漏《も》れなく仮装していたが、驚いたのは彼女たちがフランチェスカを「陛下」と呼んだことだ。確か正体を隠《かく》して参加しているはずだが、どうやら彼女たちはその対象ではないらしい。

ということは、ここにいる彼女たちはフランチェスカにとって気の置けない相手だと推測できる。

「こちらこそ初めまして。トルニア王国が初めてのわたくしにフランチェスカ様が気を遣ってくださったので、お言葉に甘えさせていただきました。フェリシア・フォン・シャンゼルと申します」

円形のテーブルを五人で囲む。フランチェスカが紹介してくれた三人は皆《みな》話しやすい人《ひと》柄《がら》で、フェリシアの仮装を褒《ほ》めてくれたり、お薦《すす》めの郷土料理や土産《みやげ》などについて教えてくれたりと、場はすぐに和《なご》やかな雰囲気に包まれた。

「そういえば旅行でいらしたと伺《うかが》いましたけど、確かシャンゼルの国王夫妻は少し前に結《けっ》婚《こん》なさったばかりと噂《うわさ》で聞いたような……」

「まあ。じゃあもしかして、新婚《しんこん》旅行ですの？」

「ええ、実は」

「ということは、陛下は新婚旅行を邪魔してしまったのですね」

責めるように笑う彼女たちからは、フランチェスカに対する親しみが溢《あふ》れ出ていた。でもそれは、決して侮《あなど》ったものではない。尊敬の念がこもった親しみだ。

「ちょっと待て。それは初耳だ。だとしたら私はとんだ邪魔者になるわけだが、少し前といっても、もう一年くらい前ではなかったか？」

「じゃあシャンゼルの国王は、ずっとフェリシア様に寂しい思いをさせてましたのねぇ」

「私だったらすぐに夫の耳をつねっているところですわ」

「文句の一つも言わないと気が済みませんわね」

夫人たちが口を揃《そろ》えて慰《なぐさ》めてくれる。しかし今のフェリシアには、それを素直《すなお》に受け取ることができなかった。

兄の鋭《するど》い言葉が胸に刺《さ》さったまま、口先だけの自分が恥ずかしくてしょうがない。

「ですが、夫は国民のために働いております。そんな夫がわたくしのことを気に掛《か》けてくれただけで十分です」

場の雰囲気に流されて、ここで同調して寂しさを吐露《とろ》してしまっては先ほどの繰《く》り返しだ。

ここは他国。彼女たちは悪い人には見えないけれど、彼女たちにとって自分は〝ジャンゼルの王妃〟だ。兄の言うとおり、発言には気をつけるべきだろう。

ウィリアムの――王の隣にいるということは、不自由な思いをすることが多いとわかっていて結婚した。

わかっていて、それでもウィリアムのそばにいたいと思ったから、自らの意志で彼の手を取り、逃《に》げないと決めたはずだった。

なのに――。

「フェリシア王妃」

ハッとする。いつのまにか思考の底に沈《しず》んでいたようだ。

「君は少し健気《けなげ》すぎるな。みんなもそう思うだろう？」

「ええ、陛下」

「抱《だ》きしめてあげたくなっちゃいました」

「シャンゼルの国王が羨《うらや》ましいですわね」

「ええっと、あの……？」

戸惑《とまど》いを隠せずにいたら、フランチェスカがニッと口角を上げる。

「君は夫君のことがとても大切なようだ。それはあのシャンゼル王も同じだろう。見ていればわかる。だが、想《おも》い合いすぎて、ボタンの掛け違《ちが》いが起きているような気がするな」

「ボタンの掛け違い、ですか？」

「何に悩《なや》んでいる？」

直球を投げられて言葉を失う。その強い眼差《まなざ》しはまるでウィリアムと同じだ。心の奥まで見透《みす》かそうとする瞳《ひとみ》。

逸《そ》らしたくないのに、意思に反して視線がわずかに下がる。

「わたくしは、何も……」

「申し訳ないが、実は先ほど少し聞こえてしまったんだ。グランカルスト王は随分《ずいぶん》と意地の悪い兄だな」

その言葉が全《すべ》てを物語っていた。兄との会話から、フェリシアの悩みは筒抜《つつぬ》けだったらしい。

「だが、さすが王なだけあって、グランカルスト王の言うことも一理ある。私は今女王をやっているが、もともとは君と同じ王妃だった。それは知っているかな？」

控《ひか》えめに頷《うなず》く。

顔は知らなかったけれど、トルニアの今の君主の名前と、そこに至る経緯《けいい》は文字の羅列《られつ》として見聞きしている。

彼女は初め、トルニアの王妃だった。しかし若くして夫たる王を亡《な》くしている。二人の間に子どもはいない。当然後継《こうけい》問題が勃発《ぼっぱつ》したが、王弟は揃いも揃って王たる器《うつわ》に相応《ふさわ》しくない欲《よく》の塊《かたまり》ばかりだった。

彼らに任せたらいずれ国は滅《ほろ》ぶだろう。そう直感した当時の王妃――フランチェスカが女王に名乗りを上げ、見事議会の承認《しょうにん》を得たという。

「王妃だった頃《ころ》の私は酷《ひど》いものだったよ。正直あの頃は疑心暗鬼《ぎしんあんき》になっていてね。基本引きこもりだった」

「えっ。引きこもり……？」

「夫も無理に公務をさせようとしなかったから、やっても茶会くらいしかしなかったよ」

「あら。ですがそこが妻の戦場では？」

スコンティ公爵夫人の言葉に、フランチェスカが大きく頷いた。

「そう。まさにだ。これは王になってから気づいたが、茶会は男性の議会と変わらない。

そもそも妻たちの根回しによって議会が動くことなんてざらだ。女王となり茶会から遠ざかってしまった私は、何度妻を迎《むか》えたいと思ったことか」

フランチェスカの冗談《じょうだん》に夫人たちが穏《おだ》やかに笑う。

「しかし王妃《おうひ》だった頃の私は、その戦場でさえ満足に闘おうとしなかった。これは夫にも責任があるけどね。あいつは私を過保護に守ろうとしすぎたんだよ」

愚痴《ぐち》っぽく聞こえるのに、その眼差しは切なくなるほど優《やさ》しい。二人が愛し合っていたことがその眼差しだけでわかるというものだ。

「そんな私だったが、夫を亡くして変わらざるを得なくてね。最初は当たり前のように悲《ひ》惨《さん》だったよ。王の責任に押し潰《つぶ》されそうにもなった。守られていたんだと痛いほど実感するとともに、自分の情けなさに嫌気《いやけ》が差した。ちょうど、今の君のように」

なんと答えていいかわからなくて、膝《ひざ》の上にあった自分の手で拳《こぶし》をつくる。

「そんなときに助けてくれたのが、ここにいる三人だ。彼女たちは言わば私の〝王妃〟だよ」

「はーい、第一王妃です」

「第二王妃でーす」

「そして私が第三王妃ですわ」

順にスコンティ公爵《こうしゃく》夫人、オルドー辺境伯爵《はくしゃく》夫人、コンティノーマ伯爵夫人が応《こた》えた。

「言っておくが、本当に王妃なわけではないぞ？　これは彼女たちの名誉《めいよ》のために言うが、彼女たちが〝王妃〟という仕事を代わりにやってくれているという話だ」

「そうなんですか？」

三人が同時に首を縦に振《ふ》った。

「たとえば茶会に出席して情報収集をしてくれたり、根回しをしてくれたり、色々と助かっているよ」

「夫より陛下のほうが好きですもの」

「夫が文句を言ってきたら耳をつねるから問題ありませんわ」

「むしろ応援《おうえん》されますわね」

三人のフォローにフランチェスカが苦笑《くしょう》する。

「とまあ、そういうわけでね。私だから説得力があると思うが、王と王妃は全く別物だ。確かに王妃としての自覚を持つ必要はあるだろう。しかし、不要なプレッシャーまで持ってしまって私のように疑心暗鬼になり、引きこもってしまっては本末転倒《ほんまつてんとう》だ。『対等』という言葉は、決して『同等』という意味ではない。それに、シャンゼル王が君を選んだ意味も、ちゃんと考慮《こうりょ》してやったほうがいいと私は思うよ」

「意味……」

「〝王妃〟という仕事をさせるために、シャンゼル王は君と結婚《けっこん》したのかな？」

「！」

それは違うと、即答《そくとう》できる。

即答させてくれるほど、ウィリアムが想いを伝えてくれたから。

「王妃の仕事は、能ある者なら誰《だれ》でもできる。しかし彼の王妃となればどうだろうね？　――とまあ、ごちゃごちゃ言ってしまったが、今日会ったばかりの私たちだ。兄の言葉より信用するのは難しいかもしれない。だが、少しでも君の心に響《ひび》いてくれると嬉《うれ》しいな」

ゆっくり考えるといい、とフランチェスカが優しく微笑《ほほえ》んでくれる。仲のいい姉がいたらこんな感じなのだろうか。その優しさに涙《なみだ》が出そうになった。

「ありがとうございます、皆様《みなさま》。正直、兄の言葉より説得力がありましたわ」

そう言うと、フランチェスカに「君も冗談がうまいな」となぜか笑われたので、結構本気だったということは内緒《ないしょ》にしておくことにした。

兄の真意を知らなかった頃のフェリシアなら、きっと兄の忠告を無視していただろう。

けれど、今は違う。

意地悪な兄であることに変わりはないが、単にフェリシアを虐《いじ》めるためだけに忠告したわけでないことは解《わか》っている。

（お兄様と、フランチェスカ様。二人の言葉を、ちゃんと自分なりに考えよう）

ここで落ち込むだけで何もしなかったら、それこそウィリアムにも失望されてしまいそうだから。

「さて、ではどうする？　夫君のところに戻《もど》るかい？　おそらく向こうもそろそろ話が終わっているんじゃないかとは思うが」

「ではそうします。皆様とお話しできて幸いでした。どうぞこのままご歓談《かんだん》を続けてくださいませ。わたくしは先に失礼しますわ」

「いや、ちゃんと送り届けるよ。道も不安だろう？」

「ありがたいですが、まだフランチェスカ様は皆様とお話しされておりませんでしょう？　わたくしのことはお気になさらず、年に一度のお祭りを楽しんでください。道なら覚えておりますので」

失礼に思われないよう丁重《ていちょう》に辞退したら。

「ふふ、フェリシア様って」

「健気《けなげ》だとは思っておりましたけど」

「単純に良い子でしたのねぇ」

三人が顔を見合わせておっとりと頷き合う。今のどこにそんな要素があったのかわからないフェリシアは、頭上にたくさんのクエスチョンマークを浮《う》かべた。

「そうだな、彼女たちの言うとおりだ。〝王妃〟は措《お》いておくにしても、君が良い〝妻〟であることは疑いなさそうだ。シャンゼル王が君を選んだ理由もわかる気がするよ」

「えっと、ありがとうございます？」

「ははっ。ではお言葉に甘えて、私はまだ少しここにいることにしよう。ちょっと野暮用《やぼよう》があってね。シャンゼル王とグランカルスト王によろしく伝えておいてくれ」

「ええ、もちろんですわ」

そうして客間を退室したフェリシアは、記憶《きおく》を辿《たど》りながら庭園に続く大広間までの道のりを歩いていた。

道を覚えているというのは本当だ。そこまで入り組んだ道ではなかったし、距離《きょり》も離《はな》れていない。

しかしその途中《とちゅう》、見知った顔と出くわした。

「ジュリアさん！　お会いできて良かった。お礼を言いたいと思って、実は捜《さが》していたんです……けど、どうかしましたか？」

廊下《ろうか》で鉢合《はちあ》わせた彼女は、明らかに顔色が蒼白《そうはく》だった。ただならぬ雰囲気《ふんいき》を感じ取ったフェリシアは、ジュリアを宥《なだ》めるように背中を撫《な》でる。

「じ、実は、友人が」

「ご友人？」

「友人が、ワインを飲んだ途端《とたん》、いきなり倒《たお》れてっ」

「え⁉」

「医者を呼ばなければと、私、それで……っ」

「お医者様は侯爵家《こうしゃく》にいらっしゃるんですか？」

「いません。だから、使用人に呼びに行かせようと、思って」

それだと間に合わないかもしれない。ワインを飲んだ直後に倒れたなら、ワインに毒が混入されていた可能性がある。毒を飲んだなら、時間が物を言う。

（私なら応急処置くらいはできるかもしれないわ）

そう思って、ジュリアに友人のいる場所を訊《たず》ねようとしたとき。

「そ、そうだわ！　確かフェリシア様は、毒にお詳《くわ》しいんですよね⁉　お願いします、友人を助けてください！」

すごい力で両腕《りょううで》を掴《つか》まれて、フェリシアは痛みを堪《こら》えながら頷《うなず》いた。それだけジュリアが焦《あせ》っているということで、友人が倒れたならそれも当然のことだろう。

しかしこのとき、フェリシアは自分が自分で思うほど冷静でなかったことを、あとになって知ることになる。いつものフェリシアなら、誰か他《ほか》の人に医者を呼ぶよう伝えてから現場へ向かっただろう。

けれどこのときは、ジュリアの勢いと、直前に受けた精神的ショックを引きずっていたため、思考をすっぱりと切り替《か》えることができなかったのだ。

「フェリシア様、早く！　こっちですわ！」

だから、違和感《いわかん》を覚えるのに時間がかかった。

「こっちです、早く！」

走りながら、フェリシアはようやく「あれ？」と一つの疑問を抱《いだ》いた。

自分はいつ彼女に、自分が毒に詳しいことを話しただろう。

「ここです！」

しかしそれについて熟考する暇《ひま》もなく辿り着いてしまい、フェリシアは人命を優先することにした。

案内されて入った部屋は、なぜか薄暗《うすぐら》く、奥に人影《ひとかげ》が数人見えるだけで他は何もない。いや、壁際にずらりと並んでいるのは服だろうか。とすると、ここは衣装部屋になる。でもそれはおかしいだろう。だって倒れた人は、直前にワインを飲んでいたはずだ。衣装部屋で飲食をする人間がいるとは思えない。

訳もわからず嫌《いや》な汗《あせ》が背中を伝ったとき。

「――ああ、やっとこのときが来ましたわ。地獄《じごく》の始まりへようこそ、憎《にく》きもう一人の聖女様。あなたが一人になってくれるのをずっと待っていたのよ」

「っ⁉」

頭に強い衝撃《しょうげき》を食《く》らう。ぐらりと視界が揺《ゆ》らいで、何が起きたのか理解できずに意識が遠のいていく。

――〝自覚が足りぬ。その身はもう、王女ではないのだぞ〟

完全に気を失う前、兄の言葉が警鐘《けいしょう》のように脳内に響いた。


フェリシアがフランチェスカに誘《さそ》われて客間に行ってしまったあと、ウィリアムもまたアイゼンによって別室に連れられていた。

別室といっても、フェリシアたちのように客間ではなく、子ども部屋か音楽部屋《ミュージックルーム》と思われる部屋だった。なぜなら部屋にグランドピアノがあるからだ。

「やけにこの屋敷《やしき》の間取りに詳しいのですね、義兄上《あにうえ》」

「その話は後だ。それより、貴殿《きでん》は少々過保護がすぎるぞ」

ドアを閉めて早々に苦情を押しつけてきたアイゼンを一瞥《いちべつ》すると、ウィリアムはベンチタイプのピアノ椅子《いす》に足を組んで座った。

「そう言われましても、特に意識はしていないのですけれどね」

「ならば意識しろ。このままではアレが潰《つぶ》れる」

「義兄上は本当に変わりませんね。それ、優《やさ》しくない兄の言葉とはとても思えませんよ。まさかそれを言うために私をこんなところに連れてきたんですか？」

「ふん。わかっていることをわざわざ相手に言わせようとするのが貴殿の陰湿《いんしつ》なところだ」

アイゼンは部屋の扉《とびら》に寄りかかると、腕《うで》を組んでこちらを睨《にら》みつけてくる。わざと神経を逆撫《さかな》でするような言い方をしている自覚はあるので、特に反論はしない。

しかし、予想よりもずっと強く非難するような眼差《まなざ》しを向けられて、ウィリアムはため息をこぼすと同時に彼からふいっと視線を外した。

「……義兄上に言われるまでもなく、わかっていますよ」

「わかっていてあれか」

「そうですね。どうにも加減が難しくて。本当なら安全だと確信できる場所に閉じ込めておきたいのを我慢《がまん》しているんですから、これでもマシなほうだと思いますけど」

「それは愚妹《ぐまい》を信用していないとも取れるが？」

「まさか。誰《だれ》よりも信じていますよ。ただ、これはもう私の心の問題だ。義兄上も過去に身に覚えがあるのでは？」

嫌みったらしくフェリシアを離宮《りきゅう》に閉じ込めていたことを引き合いに出せば、アイゼンの眉間《みけん》にしわが寄った。彼自身、いくらブリジットの毒牙《どくが》から守るためとはいえ、あれはやりすぎたと後悔《こうかい》しているのだろう。

「とにかく、貴殿は少し自重しろ。翼《つばさ》をもがれた天使は堕《お》ちるだけ。アレがただ守られたい性質ならいざ知らず、そうでないからこそ貴殿も惹《ひ》かれたのだろう？　だったら翼を折るな」

「折りませんよ。私はどちらかというと、翼があるのに自らの意思で私の許に残ってくれるほうが好きですしね」

「だからそれだ、馬鹿《ばか》者。その執着《しゅうちゃく》をどうにかしろと言っている。だんだん愚妹ではなく貴殿が全面的に悪いように思えてきたな」

ふ、と思わず口から笑《え》みがこぼれた。

「今さら気づいたんですか？　私はとっくに自分の異様な執着心に気づいていましたよ。ただ、気づいていても止められない。フェリシアがかわいくて愛《いと》しくて仕方ないんです。あんなにかわいい彼女と義兄上が兄妹《きょうだい》だということがいまだに不可解なんですが……ちなみに、失礼を承知で伺《うかが》うと、本当に血は繋《つな》がってるんですよね？」

「むしろ貴殿が失礼でなかった例《ためし》があったか？　繋がっている。半分だがな」

「そうですか。安心したような、微妙《びみょう》なような、複雑な気分です」

でもそうか、とウィリアムはここで一つ思いついたことがあった。

アイゼンはフェリシアの兄だ。彼女がシャンゼルに来るまで一緒《いっしょ》に――あの状態を一緒と言っていいのかはわからないが――暮らしていた。

ということは、あれに関して何か知っていないとも限らない。

「ところで義兄上、少し伺いたいことが。義兄上はこれまでに、フェリシアから何か特別なことを聞く機会はありましたか？　もしくは……そうですね、フェリシアが他と違《ちが》うと感じたことは？」

「いきなりなんだ。どういう質問だ、それは」

「特に裏があるものではありませんので、深く考えずにお答えください」

フェリシア曰《いわ》く、彼女には前世の記憶《きおく》があるという。その言葉を疑ったことはない。確かに突拍子《とっぴょうし》もない話だとは思ったけれど、彼女がそんな嘘《うそ》をつくメリットがないし、色々と合点《がてん》のいくところもあった。

だから、彼女の前世について今さら気にするのは、別のことが理由だ。

最近ふとした拍子《ひょうし》に思うのだ。彼女の言動から。彼女の眼差しから。

彼女はもしかして、〝今〟よりも〝前世〟のほうがいいのだろうかと。前世に未練があるのだろうかと。

以前に前世を語った彼女は、それをひどく懐《なつ》かしむような、愛おしむような顔をしていた。見たことのない顔だった。

「裏があるのかと警戒《けいかい》しているわけではなく、質問の意味がわからんと言っている」

「たとえばですが、フェリシアが知り得ないはずのことを知っていた、なんてことはありませんでしたか。それか年相応より大人びていたとか、架空《かくう》の出来事を口にすることがあったとか」

遠回しすぎる訊《き》き方だが、フェリシアがアイゼンに打ち明けていない場合を考慮《こうりょ》すると直球では訊けないのだから仕方ない。

それに、自分にさえしばらく隠《かく》していたことを、長年の誤解から仲違《なかたが》いしていたアイゼンに明かしている可能性は限りなく低いだろう。

いや、本音を言えば、自分より先にフェリシアの秘密を知った存在がいるというのは全くもって面白《おもしろ》くないので、できれば知らないでいてほしい。そんな願望もあって、遠回しな訊き方になってしまったところはある。

それでも、ずっとフェリシアを見守ってきた男だ。彼女が打ち明けなくても、何か異変があれば気づかなかったはずがないと思うが――。

「ない。そんな危険なものはさすがに口にさせなかった」

「…………」

どうやら遠回しすぎて、幻覚《げんかく》作用のある植物を口にさせてしまったことがあるかと訊《たず》ねられたと思われたらしい。

確かに前世なんていう突飛《とっぴ》な話、普通《ふつう》は思いつきもしないだろう。この返答で、少なくともフェリシアが兄の前で前世について匂《にお》わせたことはないと知る。

となると、やはり本人から確かめるしかないのかと、少しだけ気が重くなった。

これでもし前世のほうが良かったと言われたらどうすればいいのだ。しばらく生きた屍《しかばね》になる自信がある。

「よくわかりました。お時間をいただきありがとうございます。もうフェリシアの許《もと》に戻《もど》っても構いませんか」

「愚妹の気持ちが少しわかったな。貴殿は語らなすぎて気持ち悪い」

「フェリシアに気持ち悪いと言われたことはありませんので訂正《ていせい》を」

つい彼の嫌《いや》みに応戦してしまったが、内心では息を一つ吐《は》く。なぜなら、お世辞にも自分に好意的でないアイゼンが、まだフェリシアを出しにしてまで自分を引き止めようとするからだ。

（絶対ろくなことじゃない）

これでも今は新婚《しんこん》旅行中なのだ。フェリシアに言ったように、今回は本当に、純粋《じゅんすい》に、ただひたすらかわいい新妻《にいづま》に喜んでもらいたくて、そして新妻に癒《い》やされるためだけに計画した旅行だった。

そこにはなんの政治的な思惑《おもわく》も絡《から》めなかったし、絡めようとする輩《やから》がいればウィリアム自身が門前払《もんぜんばら》いをしただろう。

そんなときに厄介《やっかい》事なんてたまったものではない。

「訂正はせぬが、訊きたいことがある。愚妹にも関係する話だ」

「フェリシアを出せば私が乗ると思ってますね？」

「実際そうだろう。それに、単なる方便というわけでもない。余とあの女王が目を付けている貴族がいてな。どうやら貴殿《きでん》らも、関係ないわけではなさそうな相手なんだが」

「カプト侯爵家《こうしゃくけ》ですか」

アイゼンがニッと口角を上げた。その笑い方が極悪人《ごくあくにん》のそれに見えるのは、おそらく気のせいではない。

「貴殿はなぜ目を付けた？」

「その前に、まずはそちらのカードを見せていただかないと。先に言ったように私は他国のいざこざに巻き込まれるつもりはないんです。手札を明かしていただけないなら、たとえ義兄上《あにうえ》だろうと退室するだけですよ」

アイゼンの決断は早かった。

「いいだろう。だが、聞く以上黙秘《もくひ》は許さんぞ」

そう言ったアイゼンは、最近グランカルストで移民の問題が勃発《ぼっぱつ》していること、その移民がトルニアを経由して不法入国している可能性が高いこと、ゆえにトルニアに協力を仰《あお》ぐため女王に根回しをしに来たことを語った。

すると女王は、よほど優秀《ゆうしゅう》な情報収集機関を持っていたようで、アイゼンと同じ問題で頭を悩《なや》ませていることを打ち明けてきた。

「どうやらトルニアはそれに加えて、移民と時を同じくして増え始めた獣害《じゅうがい》についても頭を悩ませ、解決策を模索《もさく》していたところだったらしい。その話を聞いて我が国でも同じ被《ひ》害《がい》が増えていることを思い出したが、移民と関連付けて考えてはいなかったから寝耳《ねみみ》に水だった。そして情報交換《こうかん》の中で、おそらくトルニアに不法入国した者が違法《いほう》に外来生物を持ち込み、そいつらがそのまま我が国にも流れてきている可能性が高いという考えに至ったわけだ」

「それがカプト侯爵家に繋がると？」

「女王の見立てでは、誰《だれ》か斡旋《あっせん》している者がいるという話だ。タプロン・カーニバルが始まってから国境付近が嫌に騒《さわ》がしくなったらしい」

「カーニバルは半月ほど開催《かいさい》されますよね。祭りの間は出入国者が増える。それに乗じて……というのは確かにありえる話です。ですが、女王がただ指をくわえて見ているだけとは思えませんが？」

「当然対策を講じたらしい。しかしそのどれも目に見える効果はなかったようだ。出入国時の検査も通常より厳しくしたらしいが、特に引っかかる者はいなかったと聞いた」

「それで計画的な犯行と考えたわけですね。そして国内に誰か手引きしている者がいる可能性が高いと判断し、その犯人を権力者か犯罪組織内の者に絞《しぼ》った結果、カプト侯爵家が浮上《ふじょう》した、と」

「全く褒《ほ》めるつもりはないが、貴殿は話が早くて楽だな。全く褒めてはいないが」

「はは、そんなに褒められると照れますね」

「貴殿のそういうところが本気で鬱陶《うっとう》しい」

ウィリアムは肩《かた》を竦《すく》めると、グランドピアノの鍵盤《けんばん》板に映る自分の姿を認めた。そこには仮装パーティーのために吸血鬼《きゅうけつき》に扮《ふん》した自分が映っており、同じく仮装したフェリシアを思い出す。

（フェリシアのあの姿を見せてくれたことには感謝するが……）

チーパオという見慣れない服を見つけたとき、これは絶対に彼女に似合うと直感した。実際思った以上に似合っており、最初にお披露目《ひろめ》されたときは、むしろ似合いすぎて衝撃《しょうげき》を受け、口からまともな感想も出てこなかったほどだ。

（私にしては珍《めずら》しく、今回は本当になんの打算も思惑もない旅行で、だから放置したんだが……）

ちらりとアイゼンを盗《ぬす》み見る。すぐに目が合って、早く答えろと急《せ》かす鋭《するど》い視線に嘆息《たんそく》した。

「今日の昼頃《ごろ》、スリの被害に遭《あ》ったカプト侯爵《こうしゃく》家の次女を我々が助けたんです」

それで？　と先を促《うなが》すようにアイゼンが小首を傾《かし》げる。

「掏《す》られたのは令嬢の付き人です。彼女は『その男を捕《つか》まえて！　スリよ！』と叫《さけ》んでましたが、まずこれに違和感《いわかん》を持ちました」

「なるほど。さすがどの国を相手にしても勝つ自信があると宣言しただけはある。細かい男め」

「この時点で私の言いたいことを理解した義兄上も同じだと思いますけどね」

「ふん。せめてそこはこう叫ぶべきだった」

「「──ひったくり」」

重なった言葉にアイゼンが微妙《びみよう》な顔をする。なぜ言葉を被《かぶ》せたと言いたげな表情だ。わざとだと口にしたら、彼は間違《まちが》いなくこちらを睨《にら》んでくるに違いない。ある意味わかりやすい男だ。

フェリシアとアイゼンは、そういうところが似ていないようで似ている。二人ともシンプルだ。フェリシアはいつも真っ直《す》ぐで、素直《すなお》な性格だからわかりやすい。

アイゼンは天邪鬼《あまのじやく》だが、天邪鬼だということを知ってさえいればその感情を読み解くのは難しくない。

悲しいことに、惚《ほ》れた女性と似ているところがどうしても憎《にく》めなかった。

「スリは普通、標的に気づかれないよう盗みを働きますよね」

「ああ。貴族の付き人など、下級貴族か上流階級出身の者だろう。護衛の騎士《きし》ならいざ知らず、スリなんて高度な犯罪にすぐに気づけるほど警戒心《けいかいしん》を持っているとは思えぬ。逆に持っていたなら、そんな隙《すき》のない人間をプロの犯罪者が狙《ねら》うとも思えん」

「といっても、本当に気づいた可能性がないとも言い切れない。だから違和感を持っただけでした。それに拍車《はくしゃ》をかけたのは、侯爵令嬢が先に名乗ったからです」

トルニアでは、身分が下の者から名乗る風習がある。それは貴族にこそ顕著《けんちょ》で、侯爵令嬢がなんの躊躇《ためら》いもなく先に名乗ったことがウィリアムの目には異様に映った。

「侯爵家より上の人間などそう多くはありません。彼女に私たちの身分は明かしていませんでしたし、『フェリシア』も『ウィリアム』も、なかなか多い名前だと思いませんか？　ファミリーネームを知らない状態で、ましてや女王のように『シャンゼル王は長髪《ちょうはつ》』という噂《うわさ》を信じているこの国の人間が、私の正体に瞬時《しゅんじ》に辿《たど》り着けるとは思えない」

「そしてフェリシアは、王女の頃《ころ》から顔を公《おおやけ》にしていない。今でこそシャンゼルの王妃《おうひ》として顔を出しているが、離《はな》れたここまで知れ渡《わた》るにはまだ日が浅い」

「仰《おっしゃ》るとおりです。現に街ではフェリシアの姿絵は売られていなかった」

「貴殿がカプト侯爵令嬢を怪《あや》しむ理由も納得《なっとく》だな」

「ご理解いただけて何よりです。ですが、問題に巻き込まれたくない私がこうして丁寧《ていねい》に経緯《けいい》を話した理由を、義兄上ともあろう方が気づかないはずがありませんよね？」

少しの間のあと、アイゼンが静かに口を開いた。

「不自然すぎる接触《せっしょく》か」

「最初はカプト侯爵令嬢がどんな意図で近づいてきたにしろ、私がそばにいれば問題ないと考えました。再三に渡って言いますが、私は今回新婚旅行《しんこん》で来ているんです。事を大きくして邪魔《じゃま》されたくなかった」

それでも、とウィリアムは続けて。

「単なるきな臭《くさ》いだけだった令嬢が、犯罪に関《かか》わっている可能性が高いとなれば話は変わってきます。そんな輩《やから》をフェリシアに近づけたくはないですし、彼女がフェリシアを狙って近づいてきた可能性も否《いな》めない。いずれにせよ警戒《けいかい》度は上がりました。私は早急《さっきゅう》にフェリシアを連れて帰りますので、あとはよろしくお願いします」

椅子《いす》から立ち上がると、話はこれで終わりとばかりに部屋を出る。自然と早足になっていた。

フランチェスカは客間に行くと言っていたから、どこの客間かはわからなくても、適当に当たっていけば見つかるだろう。

「――で、なんで義兄上までついて来るんですか」

話は終わったはずなのに、アイゼンがしれっと隣《となり》に追いついてくる。

「大広間への道がこっちだからだが」

「こっちは遠回りですよ」

「これは驚《おどろ》いた。初めて訪《おとず》れるはずのカプト侯爵《こうしゃく》家の見取り図が貴殿《きでん》の頭の中には入っていると？」

内心で舌を打つ。さすがに出任せは通じない。

「まったく、何が悲しくて新婚旅行先で義兄《ぎけい》と鉢合《はちあ》わせ、あげくトラブルに巻き込まれないといけないんですか」

「ふ、御愁傷様《ごしゆうしようさま》と言うべきか。いつもより仮面に凄《すご》みが出ているぞ」

「構いません。どうせ気づくのは私の本性《ほんしよう》を知っているフェリシアと義兄上だけです。それより、これでフェリシアに何かあったら容赦しませんので、手出しはしないでくださいよ」

それは、たとえ他国の貴族だろうとフェリシアに危害を加えた者には制裁を加えるから止めないでくださいよ、という意味だったが、もちろんアイゼンには伝わったらしい。

「案ずるな。そのときは特等席で見学してやろう」

自分の性根も十分面倒《めんどう》だと自覚しているウィリアムだが、この男も相当だなと思ったのは言うまでもない。

「——え？　すでに戻《もど》ってる？」

「ああ。少し前に君のところに戻ると言って退室したから、てっきり大広間か庭園へ向かったと思っていたんだが。会えなかったのか？」

使用中の客間を手当たり次第《しだい》に捜《さが》した先でフランチェスカを見つけたウィリアムとアイ

ゼンだが、当の捜し人がすでにいないことを告げられる。どうやらすれ違ってしまったらしい。

「わかりました。そっちに寄ってみます」

「もしかして直接ここに来たのか？　せっかちで心配性な男だな、シャンゼル王は」

それには微笑《ほほえ》むだけに止《とど》めて、失礼に当たらないぎりぎりの挨拶《あいさつ》だけで踵《きびす》を返した。

そのとき視界の端《はし》でアイゼンがフランチェスカに何かを吹《ふ》き込んでいるところが見えたが、気にせず警備の私兵に大広間までの道のりを訊《たず》ねる。おそらくこちらから聞いた話を簡潔に共有しているのだろう。

道を確認《かくにん》して歩き出したところで、遅《おく》れて二人がやって来る。

「今度はなぜトルニアの女王まで増えているんです？」

相手が後ろにいることをいいことに、ウィリアムは外用の仮面を外して呆《あき》れ顔になる。

「いいじゃないか。この三国の王が集まることなど滅多《めった》にないぞ。仲良くいこう」

「余はもともと大広間に向かっていたがな」

相手にするのも疲《つか》れるなと感じたウィリアムは、それきり喋《しゃべ》るのをやめた。

そうして仮装パーティーの本会場となっている大広間に着いてすぐ、フェリシアの姿を捜した。彼女の仮装は妖精《ようせい》のように可憐《かれん》だが、今日は会場中に奇抜《きばつ》な格好をした者が多くてなかなか見つけられない。

その時間が長引けば長引くほど、嫌《いや》な汗《あせ》が心に滲《にじ》んでくる。

(フェリシア？　どこに行ったんだ)

彼女を誰《だれ》かと間違えるなどありえない。彼女を見逃《みのが》すこともありえない。

どんな仮装や変装をしていようと、自分がフェリシアに気づかないはずはないのだ。

なのに、大広間だけでなく、庭園を捜しても見つからない。

「女王、本当にフェリシアはここに戻ると言ったんですか？」

「ああ、確かに君の許《もと》に戻ると言っていた。君たちが密談している場所なんて私も知らないから、大広間で君たちのことを捜すか、もしくは待っていると思ったんだが」

「あの愚妹《ぐまい》のことだ。道に迷っている可能性は？」

「いいえ。ここが外ならまだしも、屋内でフェリシアが迷うことはあまりありません。ましてや至る所に警備の私兵がいるんです。あなた方と違ってやましいことのないフェリシアですから、迷ったなら彼らに道を訊ねるでしょう」

「シャンゼル王の言うとおりだが……妙《みょう》に棘《とげ》のある言い方だな。まあいい。しかし『外ならまだしも』というのは？」

「彼女は記憶《きおく》力はいいですが、外だと誘惑《ゆうわく》が多いんです。気になった植物に夢中になって迷子になることはたまにありました」

「へ、へぇ。フェリシア王妃はお茶目《ちゃめ》だね」

「そんな天真爛漫《てんしんらんまん》なところがかわいいんです。ですが、見たところこの屋敷《やしき》にフェリシアの目を引きそうな植物はありませんでしたね」

ウィリアムの話を引き継《つ》ぐようにアイゼンも頷《うなず》く。

「可能性があるとしたら庭園だが、そこはすでに捜したしな」

「となると、まさか」

「カプト侯爵令嬢《こうしゃくれいじょう》を捜したほうが早いかもしれん」

「どの客間にもいませんでしたよ」

「会場内でも見かけなかった」

嫌な予感に思わずアイゼンと視線を合わせたとき。

「待て待て待て。二人とも勝手に話を進めるな。なんなんだ、君たちは。仲が悪そうだったわりには息がぴったりじゃないか」

ぴく、とそこで二人して動きが止まる。あまりに心外な評価だ。それはアイゼンも同じだったらしく、ぐぐっと眉根《まゆね》を寄せている。

「そもそも、フェリシア王妃は植物が好きなのか？　この侯爵家は確か温室も備えていたはずだが、君たちの話し合いが長すぎて手持ち無沙汰《ぶさた》になり、そこに行った可能性は？」

「「ない」」

今度は意図せず重なった言葉に、ウィリアムも苦虫を嚙《か》み潰《つぶ》したように顔を歪《ゆが》める。

が、今はそんなことに時間を割《さ》いている暇《ひま》はない。

「フェリシアが私に黙《だま》って勝手に知らない場所へ行くなんてありえない」

「あの愚妹は馬鹿《ばか》だが、本物の馬鹿ではない。そういうときはひと言くらい残すはずだ」

「わかった、わかったから！　二人して威圧《いあつ》的なオーラを出さないでくれないか。君たちが実は焦《あせ》っているのも十分理解した。待っていろ。私の騎士《きし》を何人か潜《ひそ》ませているから、彼らにも捜させてみよう。なんなら見かけた者がいるかもしれない」

　しかしフェリシアのことで「待て」などできるはずもなく、ウィリアムとアイゼンも参加者への聞き込みを始める。

　焦っているのは、彼女だけが何も知らないからだ。

　ずっと寂《さび》しい思いをさせていた彼女に、新婚旅行くらいは気兼《きが》ねなく楽しんでほしくてジュリアに感じた違和感《いわかん》を何も伝えなかった。それが仇《あだ》となり、今は彼女の中から警戒心《けいかいしん》というものが抜《ぬ》け落ちている。

　ジュリアにどんな思惑《おもわく》があれ、接触してくる前に、あるいはすでにフェリシアに接触していたとしても、適当な言い訳を付けて連れ出せばいいと思っていたが、まさか姿が見えなくなるとは思わなかった。

　せめて注意を促《うなが》すひと言でも伝えておけば良かったと後悔《こうかい》する。

（そばにいるから問題ない。守れると思っていた）

でもそれが単なる傲慢《ごうまん》だったのだと、こんなことになってようやく気づく。アイゼンが苦言を呈《てい》するわけだ。

大切に、本当に大切にしてきた。

愛しているからこそ、彼女を大事に大事に甘やかしてきた。

それはフェリシアを信じていないとか、そういうことではない。以前は結婚《けっこん》前に逃《に》げられそうになったこともあって多少の不安もあり、彼女が自分から逃げないよう外堀《そとぼり》を埋《う》めて囲っていた自覚はある。

けれど結婚して、だんだん甘えてくれるようになった彼女に、いつしかその不安はなくなっていたはずだった。

だから以前のようにわざわざ彼女を囲うための画策なんて自然としなくなっていた――はずだったのに。

（これも、フェリシアのことが好きすぎて大切にしているだけだと思っていたが……そういうことか）

自分に染《し》みついた醜《みにく》い性質に怒《いか》りが沸《わ》く。しかも今回は無意識にやっていたのだからどうしようもない。

自分でも気づかないうちにじわじわと彼女を鳥かごの中に囲おうとしていたのは、彼女の前世について考えるようになってからだ。

最初にその話を聞いたときは、自分が前世も含《ふく》めてフェリシアの初めての男だったということに舞《ま》い上がり、深く考えることもなかった。が、時を経るにつれて考えるようになってしまった。

この症状《しょうじょう》が出たのは、おそらくそのときからだろう。

大切に、大事にしてきた。つもりだった。

蓋《ふた》を開けてみれば、それは単なる傲慢で、不安の表れだったのだ。

そんな自分のちっぽけな感情のせいで今フェリシアを危険な目に遭《あ》わせているかもしれないと思うと、自分を殺したくなる。

「――はい。その方でしたら、カプト侯爵のご息女とあちらに行くのを見ましたよ。あれはたぶん次女のジュリア様だったと……何やら慌《あわ》てていらしたので覚えています」

「本当か！」

フランチェスカの声にハッとする。いつもの仮面も忘れて彼女へ視線を移せば、彼女は参加者の一人の肩《かた》を摑《つか》んでいた。

「二人とも、こっちだ！」

逸《はや》る心のままに駆《か》け出した。途中《とちゅう》、侯爵家の私兵に怪《あや》しむ視線を投げられたが、人を捜していると言えば彼らは自ら協力を願い出てくれる。

（ということは、フェリシアの姿が見えない件にカプト侯爵家は関《かか》わっていない……？）

いずれにせよ、私兵の一人がジュリアと見知らぬ女性がとある部屋に入っていくのを見かけたとかで、ようやくその場所が判明する。

室内にはずらりと大量の服が並んでおり、人がいる気配はなかった。

「これは……とてもパーティーの最中に来るところではないな」

フランチェスカの呟《つぶや》きに、アイゼンが同調する。

「まったくだ。二人がこの部屋から出たところを目撃《もくげき》した者は？」

「そこまでは見ていないそうだ」

「なるほど。ならばここが最後の目撃場所か。――最悪だな」

「グランカルスト王の言うとおりだ。状況《じょうきょう》がかなり悪い方向に転がっていることは私にもわかるよ。だが腑《ふ》に落ちない。なぜ彼女がフェリシア王妃《おうひ》を狙《ねら》うんだ？　こちらの件が関係しているとは思えないから、何か個人的な恨《うら》みか？　しかしこれまでに二人に接点などなかったのだろう？」

「余も初対面だと聞いている。そうだろう？　ウィリアム殿《どの》」

手がかりはないかとウィリアムが目を凝《こ》らしていたとき、足元に何かが落ちているのを見つけた。緑色の粒《つぶ》と尖《とが》った毛のようなものがある。

これは――。

「猫《ねこ》じゃらし……」

「おい、聞いているのか、ウィリアム殿。カプト侯爵令嬢とは初対面……ってなんだ、それは？」

「何かの屑《くず》か？　いや、植物にも見えるような……」

そこでフランチェスカとアイゼンが同時に目を瞠《みは》った。

「――ふ、ふふっ。ははははっ。そう、そうなんだ」

脈絡《みゃくらく》なく笑い出したウィリアムを、アイゼンとフランチェスカが引いた目で見てくる。

でもそんなことは気にならないくらい、おかしくて仕方なかった。

自分の傲慢さゆえ、守りたい人をこうも簡単に連れ去られた。

それでもフェリシアは大人しく連れ去られまいと、こうして手がかりを残してくれた。

信じて助けを求めてくれたのだ。他《ほか》でもない、こんな自分に。

「半殺しじゃ足りないな」

喉《のど》の奥で低く唸《うな》る。

「待て！　待て待て待て、落ち着け、シャンゼル王」

「退《ど》いてください。私は忙《いそが》しいんです」

「その顔のまま出したら死人が出る！　視線で人を殺す気か」

「まさか。フェリシアに手を出した以上、簡単には殺しません。生きていることを後悔させてから殺します」

「そんなことは訊《き》いてないんだが⁉」

　ばしん！　とフランチェスカのツッコミと同時に後頭部を思いきり叩《たた》かれたが、犯人が彼女でないことは見ればわかる。

　とくれば、残りは一人しかいない。文句を言うために振《ふ》り返った。

「義兄上《あにうえ》も邪魔《じゃま》するつもりですか」

「貴殿《きでん》の怒りなどどうでもいい。それよりまずは説明しろ」

　眼光鋭《するど》く凄《すご》まれて、互《たが》いに睨《にら》み合う形になる。

　しかし妹のことになると実は頑固《がんこ》なこの男を振り切るための時間が、今は惜《お》しい。

「わかりました。その代わり、邪魔だけはしないでくださいよ」

　そうして三人は、フェリシア救出のために動き出したのだった。

第三章 ❖❖❖ 〝王妃〟って、なんでしょう

ガタガタッと大きな振動《しんどう》がして、フェリシアはハッと目を覚ました。

視界に入った見知らぬ場所に一瞬困惑《いっしゅんこんわく》して、すぐに意識を失う前のことを思い出す。

（そうだわ。確か私、ジュリアさんに騙《だま》されて、それで）

頭を殴《なぐ》られ、そのまま気絶した。

あのとき部屋には、衣装の陰《かげ》に隠《かく》れてジュリア以外にも何人かいたようだが、暗くて顔は見えなかった。

（あれからどうなったの？）

先ほどから不規則な振動を身体《からだ》に受けていて、節々が痛みを訴《うった》えている。どこかに寝《ね》かされているようだ。

手には鉄の拘束具《こうそくぐ》が付けられていて、縄抜《なわぬ》けのように外すのは無理だと悟《さと》った。

（この振動……やっぱり動いてるのね。馬の足音がするし、目の前にあるこのたくさんの物は荷物かしら。外の様子が見えないってことは、幌《ほろ》が掛《か》けてあるのね。じゃあここ、幌馬車の中？）

それほど大きなものではない。必死に瞳《ひとみ》を動かすと、前方の御者台《ぎょしゃだい》にちらりと人の姿を捉《とら》えた。男だ。わずかに耳に届く声から推測するに、たぶん二人いる。

(ジュリアさんじゃないけど、仲間の可能性は高いわね)

何がなんだかわからないことばかりだが、とにかく今わかるのは、自分がどこかに運ばれようとしていること。

いったいどこに連れて行くつもりなのかとか、どうして自分を狙ったのかとか、疑問と恐怖《きょうふ》がじわじわと心を侵食《しんしょく》してくる。

馬車は舗装《ほそう》されていない道を走っているらしく、先ほどから酷《ひど》い振動で心身共に悲鳴を上げそうだ。

(たぶん人目を避《さ》けたルートを通ってるんだと思うけど、それが正しいなら、私が連れて行かれてるのって……)

まず安全地帯でないことは容易に想像がつく。

となると、運良くこの馬車から逃《に》げられたとしても、追っ手が来ることは間違《まちが》いない。それをうまく撒《ま》けるだろうか。

(どうしよう。どっちが最善？　着く前に逃げる？　それともまだチャンスを窺《うかが》う？　ウィルには一応、手がかりを残してきたけど)

ジュリアが嘘《うそ》をついて「フェリシアは帰った」などと言った場合、フェリシアが攫《さら》われた事実をウィリアムが気づくのが遅《おく》れてしまう。

その対策として、フェリシアはポケットの中で大事に守っていたエノコログサの実を落としてきたのだ。

観光中に見つけたエノコログサは、もともと身につけていたポケットに入れていた。仮装用の衣装に着替《きが》えるとき、そのままだとウィリアムに捨てられるかもしれないと考え、念のため仮装用の衣装のポケットに移していたのだ。

まさかそれがこんな形で役に立つなんて、ちょっと前の自分の行動を自画自賛したいくらいである。

とにかく、エノコログサがあんな場所に落ちているのは不自然だ。部屋の中は暗かったから、ジュリアたちはきっと気づかない。たとえ気づいたとしても、ただの植物の欠片《かけら》を警戒《けいかい》するとは思えない。

でも、ウィリアムなら。

(大丈夫《だいじょうぶ》。ウィルならきっと、気づいてくれる)

やっぱり早く脱出《だっしゅつ》しようと心に決める。不幸中の幸いにして、縛《しば》られているのは手だけだ。このあと歩かせるつもりなのか、足は自由だった。

それに、カモフラージュのためか、荷台にはたくさんの荷物が積まれているおかげで死角も多い。運が良ければ荷台から落ちたことを気づかれずに脱出できるかもしれない。

フェリシアはさっそく逃げるための準備を始めた。

当然のことながら、男たちは前を見ていて振り返る様子はない。こんなに荒《あ》れた道を走っているのだから手綱《たづな》を握《にぎ》るのでひと苦労だろうし、フェリシアの手を縛っていることも慢心《まんしん》に繋《つな》がっているのだろう。

ゆっくり、ゆっくり。馬車の振動も利用して移動する。

幌馬車は前と後ろがオープンだ。バレる可能性はあるけれど、いつも乗っている王族用の馬車と違《ちが》い、扉《とびら》がない分逃げやすい。

やっとの思いで最後部に辿《たど》り着く。振動がすごいと思ったら、どうやら森の中の道を進んでいたらしく、道の両脇《りょうわき》には木々が立ち並んでいた。

身体を起こして、ごくりと息を呑《の》む。

（大丈夫。車に比べれば、こんなスピード）

自ら落ちる恐怖に萎縮《いしゅく》してしまいそうになるけれど、悠長《ゆうちょう》に構えている時間はない。

流れていく地面を見ながら、何度か深呼吸をする。

脳内で受け身を取るイメージを描《えが》き、もし追っ手に気づかれた場合もどう逃げるかシミュレーションする。

どんなに大怪我《おおけが》を負おうと、とにかく逃げ切らなければならない。

その決意が固まった瞬間《しゅんかん》、フェリシアは歯を食いしばって自ら落ちた。

前屈姿勢《ぜんくつしせい》で転がり、頭だけは打たないよう必死に庇《かば》う。しかし予想外に落下音が大きく、落ちた衝撃《しょうげき》よりもそちらの衝撃で心臓が縮み上がった。

転がった身体は木の幹に当たって止まる。不思議と痛みはほとんどない。いや、アドレナリンのせいで今だけそう感じているだけかもしれないが、身体が動くなら好都合だと思った。

拘束されている腕《うで》を胸元《むなもと》に引き寄せ、それを支えになんとか立ち上がる。

来た道を戻《もど》ろうと考えて――でもこのまま落ちたことが相手にバレなければ、今は木々の陰に身を隠していたほうがいいかもしれないと思い直した。なぜなら、馬車が通った道は後方までまっすぐと延びていて見通しがいいため、逃げている最中に振り返られたら見つかってしまうからだ。

よって森の中に身を潜《ひそ》めようとしたとき、前方から怒鳴《どな》り声が聞こえてきた。視線だけ移せば、男が一人、こちらを指差して何やら叫《さけ》んでいるのが見えた。

(バレた!)

やはり落下音が大きかったらしい。迷うことなく森の中に逃げ込む。

それからは夢中で走り回った。自分の足はこんなに遅《おそ》いのかと絶望しながら、とにかく捕《つか》まったら終わりだという思いでどことも知れない場所を逃げ回る。

――〝自覚が足りぬ。その身はもう、王女ではないのだぞ〟

ああ、兄の言うとおりだ。自分が軽率《けいそつ》な行動をしたせいでこんな目に遭《あ》っている。よく考えれば、あのときのジュリアに不審《ふしん》な点があったことなどすぐに見抜《みぬ》けたはずなのに。

自分の未熟さが情けなくて恥《は》ずかしい。

(ごめんなさい、ウィル。私……っ)

今すぐ彼に会いたい。彼ならきっと助けてくれる。これまでだって何度も助けてくれた。

でも、ふと思う。今の自分にそんな甘えが許されるのだろうか、と。

いつのまにか彼に頼《たよ》りすぎて、彼がいれば大丈夫だと思っていた。

逆に言えば、それは彼一人に負担をかけていたことになる。

ウィリアムが大丈夫だと言えば安心し、彼が気をつけてと注意してくれたものを警戒する。これでは思考を放棄《ほうき》しているだけだ。

ただの妻ならいざ知らず、〝王妃《おうひ》〟という肩書《かたが》きもある自分に、そんな怠慢《たいまん》が許されるはずもないというのに。

(罰《ばち》が当たったんだわ)

これで彼と共にシャンゼルを良くしたいなどと、よく言えたものだと自分でも思う。

「あっちだ！　逃がすな！　くそっ、森の中をちょこまかと！」

彼に謝らなければ。そして、二度と同じ過《あやま》ちを繰《く》り返さないよう考えなければ。

そのためにも、まずは生きて彼の許《もと》に戻らなければ。

「──っ⁉」

けれど、ツイていないときはとことんツイていないらしい。木か何かにぶつかったと思ったら、ぶつかったのは大柄《おおがら》な男だった。

筋肉質な身体との衝突《しょうとつ》は大打撃《だいだげき》となり、思わずよろめく。息も切れ切れで意志の強さだけで逃げ回っていたような状態だったフェリシアは、堪《こら》え切れずに倒《たお》れそうになった。

(だめ……まだ、捕まるわけには……っ。ウィル──)

無意識に伸ばした手を、誰《だれ》かが力強く摑《つか》んでくれる。

「やっと追いつめたぞ。さあ、観念しろ」

後ろから追ってきた男たちが勝ち誇《ほこ》ったように笑う。

そのとき、ぶつかった大柄な男の瞳《ひとみ》が鋭《するど》く細められたのを最後に、フェリシアの意識はプツンと途切《とぎ》れた。

……なんだか遠くのほうで賑《にぎ》やかな声がする。明るい声だ。まるで休日の公園に来たみたいな、子どもと大人の笑い声が入り混じる長閑《のどか》な一幕のような声。

(あれ、私、どうしたんだったかしら)

ズキ、と後頭部に鋭い痛みが走り、そこで直前の記憶《きおく》が蘇《よみがえ》る。

反射的に目を開けそうになったとき、近くで誰かの声がして瞼《まぶた》を震《ふる》わせるだけに止《とど》めた。

「にしても、なかなか目を覚まさないな。どうしようか？」

野太い男の声がする。

「目を覚ますまで寝《ね》かせておきな。あたしらには病院に連れて行く暇《ひま》も金もないよ」

「まあ、金ならこのお嬢《じょう》さんが払《はら》えそうではあるけど」

どうやら近くにいるのは一人ではないらしい。

起きたことに気づかれると相手の油断を誘《さそ》いにくくなるかもしれないと考え、フェリシアは気絶したふりを続けた。

薄目《うすめ》を開けて状況《じょうきょう》の確認《かくにん》をしようとしたが、意外と薄目では何も見えない。見えるようになるまで開けてしまえば起きたことに気づかれてしまいそうだ。

（ここがどこか知りたいのに）

意識を失う前、自分は大柄な男にぶつかった。追っ手に追われている最中だったが、あの男は彼らの仲間だったのだろうか。そう思う理由は、あの森の道は人通りが少なく、偶《ぐう》然《ぜん》居合わせる可能性なんてほとんどなさそうだったからだ。

そうなると、ここは敵の拠点《きょてん》である可能性が高い。

（なら、早くここから逃《に》げないと）

そう思ってから、自分に待ったをかける。

そもそも自分の軽率な行動が今の事態を招いているのだ。ジュリアの話を鵜呑《うの》みにして、考えるより先に相手について行ってしまった。それもパーティー中のために護衛がそばから離《はな》れているときに。王妃である自分が。

兄はきっと、フェリシアのこういうところも窘《たしな》めたのだ。

(後先考えずに動くのはやめないと。ここから逃げるにしても、まずは状況を把握《はあく》するべきよ)

とにかく頭が痛い。女性の力で殴《なぐ》られたわりにはなかなか強打されたようだ。

そこで一つ気づく。

(そういえばジュリアさんの声、聞いてないわね?)

先ほどから聞こえてくる声の中に、ジュリアの少し低めの声はない。

気絶する直前に見た他《ほか》の人影《ひとかげ》の声かと思ったが、それにしてもジュリアの声が一つもしないのは変ではないか。

「まったく、そういう問題じゃないよ。あんたは昔からそうさね。後始末するあたしの身にもなれってんだい」

「いやー、ごめんな。座長」

「ねぇ、でもさ、本当にどうするの、この子? いつもの売られた子とはちょっと毛色が違《ちが》わない？　うちでもらって大丈夫《だいじょうぶ》なの？　座長」

「ふん。どっちにしろ怪我《けが》人に興味はないよ。回復させるのが先さね」

「それもそうだな」

騒《さわ》がしかった声たちが去っていく。足音と、布の擦《こす》れる音。最後にぱさりと布が落ちるような音がして、一気に周りが静かになった。

フェリシアは恐《おそ》る恐る目を開ける。近くに人がいないことを確認したら、今度は視線だけで周囲を見回した。

（ここ、もしかして、何かの天幕の中？）

ゆっくりと身体《からだ》を起こすと、一瞬《いっしゅん》だけ目眩《めまい》がした。それをやり過ごして、もう一度状況を確認する。

円形の広めの天幕だ。中心から放射線状に渡《わた》る梁《はり》が見え、その上に丈夫《じょうぶ》そうな布が掛《か》かっている。木組みの骨格で強度を保っているのだろう。

中には何かの衣装やら道具やらが散乱しており、特に椅子《いす》や机といったものはない。

いや、今フェリシアが寝かされているのは、木板の上に何枚もの布を敷《し》いた簡易的なベッドだ。それ以外に大きな家具のようなものはない。

（着衣に乱れはないし、頭以外に痛いところも……）

「え、何これっ」

自分の身体に異状がないか確認していたら、腕《うで》や足に包帯が巻かれていることに気づいた。後頭部にも包帯が巻かれている。

とすると、誰かが自分の気絶中に手当てをしてくれたことになるのだが、はたして誘拐《ゆうかい》犯とはそんなに親切なものだっただろうか。

(でもさっきの会話……回復させるのが先って言ってたわね。だから？　誘拐はしたけど、殺すつもりはないから手当てはしてくれたとか？)

それも変な話ではある。自分を攫《さら》ったのは間違《まちが》いなくジュリアとその仲間だが、ジュリアはフェリシアに向かって「憎《にく》き聖女」と言ったのだ。恨《うら》んでいるのに殺さない。その理由はなんだろう。

(そもそも、どうして誘拐しようとしたの？　憎んでるなら殺す、わよね？)

そんな自分の考えにぞっとする。

今生きているのは運が良かっただけで、下手をすればあの場で殺されていたかもしれないことに今さらながら身体が震え出した。

(そうだわ……そういえばさっき、売られたとかなんとか、言ってたわよね……？)

それを思い出して、ついに顔から血の気が引いていく。恨んでいるのに殺さないのは、まさか自分を売るためだったのかと思い至る。

(や、やっぱり逃げなきゃ。ここがどこで相手が誰だろうと、ウィルの許に帰らなきゃ)

きっと心配させている。自分の不注意でせっかくの新婚《しんこん》旅行を台無しにしてしまった罪悪感が喉元《のどもと》に迫《せ》り上がってくる。

この天幕の出入り口になっている布をそっとめくって、外の様子を窺《うかが》った。

いつのまにか太陽が顔を出していて、空にはところどころ薄《うす》い雲が流れている。

少し離れた場所で炎《ほのお》が上がっているのが見えた。火事ではなく、その周囲に人が集まっている様子が遠目にもわかるので、おそらくたき火か何かだろう。なんの集まりかはさすがにわからない。

右に視線を移してみれば、ここと同じものだろうと思われる天幕が他に二つあった。もしここが自分の思うように敵の手中である場合、それなりに敵が多そうで肝《きも》が冷える。

ここがトルニアのどこなのかは不明だが、元いた首都から離れてしまっているのは間違いない。

なぜなら、ここは見渡《みわた》す限り自然しかなく、建物が建ち並ぶ首都の街並みとはかけ離れているからだ。

(逃げるなら、今しかないわ)

近くに人の気配はなく、正面方向にいる集団はフェリシアのいる天幕を気にする素振《そぶ》りもない。

一歩外に足を踏《ふ》み出した。緊張《きんちょう》で忙《せわ》しない心臓に急《せ》かされるまま、彼らの視界に入らないよう足早に天幕の裏側へと向かう。

そのとき、どんっと何かにぶつかった。

「あんた、何やってんだい」

「っ！」

「まさか、逃げようってんじゃあないだろうね？」

声にならない悲鳴が喉《のど》を抜《ぬ》ける。黒と白が交じった髪《かみ》をお団子にまとめた老婦がフェリシアを見下ろしていた。

いや、背はフェリシアのほうが高い。けれど、老婦が醸《かも》し出す威圧《いあつ》的な空気が彼女を実物より大きく見せていた。

また、日の光の加減なのか、彼女の顔中のしわが不気味な影《かげ》を作っていて、まさに前世の山姥《やまんば》のような形相を成しているものだから、情けなく腰《こし》を抜かしそうにもなる。が、脳裏《り》に過《よぎ》ったウィリアムの笑顔《えがお》に勇気づけられ、ぐっと踏み止まった。

（バレたなら、走るだけよっ）

踵《きびす》を返すと集団がいるので、間を取って右に逃げる。そちらは木々が生《お》い茂《しげ》っていて樹海のような不気味さが漂《ただよ》っていたが、身を隠《かく》せるなら好都合だと思った。

「おっと。何やってんだあんた。走ったらだめだろ」

けれどその先には、待ち構えていたように大柄《おおがら》の男がいた。彫《ほ》りが深く、目尻《めじり》が垂れ下がった顔立ちは優《やさ》しそうな印象を与えてくる。

しかしなぜか上半身が裸《はだか》で、「変質者⁉」とつい脊髄《せきずい》反射で後ろを振《ふ》り返り逃げようとした。が、そこには当然、先ほどの老婦がいる。

二人に挟《はさ》まれ絶体絶命のピンチである。右にはたき火の集団、左には天幕。どちらに逃げても捕《つか》まりそうで泣きたくなる。

「ほら、天幕に戻《もど》るぞ」

男がこちらに向かって手を差し出してきた。

そのとき。

「ねー、なにやってるの？　冷めちゃうよ？」

子どもの声がこの場に響《ひび》く。ハッとして右下に視線を落とせば、五歳くらいの白髪《はくはつ》の少年がフェリシアをじっと見つめていた。瞳《ひとみ》は鮮《あざ》やかすぎるほど赤く、それを心配そうに揺《ゆ》らしている。

（まさか、この子……）

同じように売られる、もしくは売られた子どもだろうか。線が細く、長い袖《そで》から覗《のぞ》く腕や足は折れそうではないにしろ、健康的とも言いがたい体つきだ。

シャツには泥《どろ》や土と思わしき汚《よご》れもあり、自分の推測を裏付けるようだった。

「こらおまえ、なんでこっちにいるんだ」

男が子どもに標的を変えようとしたので、思わず間に入って子どもを背に隠す。

自分にこの状況《じょうきょう》を打破するための何かができるとも思えないが、目の前で危険に遭《あ》いそうな子どもをただ放《ほう》っておくこともできなかった。

「来ないで！　それ以上動いたらあなたにトリッキー……じゃない、トリカブトをお見舞《みま》いするわよ。知ってる？　トリカブトは致死《ちし》性の高い毒なの。それ以上こっちに来るなら、死んでも盛ってやるんだから。誘拐犯に遠慮なんてしないわよ」

そう言って、フェリシアは肌身《はだみ》離《はな》さず首に下げているペンダントを服の中から取りだして見せる。

ちなみに、今の口上は完全なはったりだ。ペンダントの中には確かに毒草などをブレンドしたお手製の薬が入っているが、これはあくまで解毒剤《げどくざい》。毒を飲んでしまったとき用の応急処置として飲むもので、人が死ぬことはない。それどころか、今では魔物《まもの》の瘴気《しょうき》を浄《じょう》化《か》する浄化薬としても活躍《かつやく》中の薬である。

しかしそんなことを知るはずもない相手には効果的だったのか、睨《にら》みつける先の男がたじろいだ。

その隙《すき》に子どもの手を取り、逃《に》げようとした瞬間《しゅんかん》。

「誘拐犯はおまえだ馬鹿《ばか》ちん！」

「いたあっ⁉」

頭頂部に容赦《ようしゃ》ない拳骨《げんこつ》を食《く》らう。すっかり男に気を取られてしまい、老婦が近づいていたことに気づけなかった。

もともと痛めていた後頭部にもその衝撃《しょうげき》が響き、二重の痛みに悶絶《もんぜつ》する。

「ざ、座長っ。その子は頭を怪我《けが》してるんだよ。殴《なぐ》るのはさすがにだめだろ！」

「ふん、うるさいよ。小娘《こむすめ》に毒をチラつかされて狼狽《うろた》えた男が何を言うんだい」

「いや、だって普通《ふつう》びっくりするでしょ……」

「アルバ、あんたもなんでこっちにいるんだい。昼飯食いっぱぐれても知らないよ」

「あ、あのね、でも、このお姉ちゃんもごはん、食べるかなって。おなか空いたら大変だよ。だからさがしに来たの」

「そうか。アルバは優しいな。このお姉さんには俺が昼食を運んでおくから、おまえはみんなのところに戻りな」

「マルス、やくそく？」

「ああ、約束」

「わかった！　じゃあもどるね！」

アルバと呼ばれた男の子は、最後にフェリシアに向けて元気良く手を振って去っていく。

いまいち状況に追いつけていないフェリシアだが、とりあえず手を振ってアルバを見送った。

「あー、なんかごめんな。そりゃあ起きてすぐ知らないところにいたらびっくりするよね。とりあえず、俺たちは君をどうこうするつもりはないから、毒はやめてもらえると助かるかな」

大柄な男――マルスが頬《ほほ》を掻《か》きながら乾《かわ》いた笑みを浮かべる。

その表情と、アルバとの親しげな様子、そしてフェリシアの怪我を気遣《きづか》ってくれたことから、フェリシアはやっと自分の勘違《かんちが》いに気づいた。

「も、申し訳ありませんっ。私、とんだ失礼を。てっきり――いえ、なんでもありません。とにかく、大変失礼しました!」

「気にしなくていいよ。こっちも座長が殴ってごめん。頭、痛む?」

訊《たず》ねられて気づいたが、殴られた一瞬《いっしゅん》は痛かったけれど、今はそんなに痛くない。

「大丈夫《だいじょうぶ》です。たぶん加減してくださったようですから」

「じゃあ今度は本気で叩《たた》こうかね。痛くないなら怒《おこ》った意味がないってもんさ」

「座長! まったく、素直《すなお》じゃないんだから。本当にごめんな。うちの座長、手が早いというか、気が強いというか」

「マルス、あたしらが謝る必要なんかないだろ。こっちは怪我の手当てまでして寝《ね》かせてやったんだ。それを誘拐《ゆうかい》犯なんぞと勘違いしおって」

「本当に失礼しました……」

なんなら人身売買もしていると思ったことは胸の内に留《とど》めておこう。次なる拳骨が炸裂《さくれつ》しそうだ。

「だから、それは仕方ないだろ。そもそもこの子、本当に誘拐されてたんだから。目が覚めて知らないところにいたらそう思うのが普通だって。いいから座長も昼食食べてきなよ」

「ふん。マルス、この娘《むすめ》を逃がすんじゃないよ」

「はいはい、わかってるよ」

マルスに促《うなが》されて老婦は集団の許《もと》へと去っていく。

警戒心《けいかいしん》はすっかり鳴りを潜《ひそ》めたが、逆に困惑《こんわく》の感情が顔を出し始めた。

「あの、私が誘拐されていたというのは？」

「あれ、覚えてないの？」

そう言ったマルスは、立ち話もなんだからと、先ほどの天幕へ戻ることを提案した。少しだけ悩《なや》んだが、彼に自分をどうこうする気がないのは本当だろう。でなければ――いくら毒で脅《おど》されたとはいえ――明らかに体格差のあるフェリシアを相手にここまで何もしないわけがないからだ。

彼の数歩後ろを恐《おそ》る恐るついていくと、天幕の中に人の気配を感じた。

マルスは躊躇《ためら》いなく中へ入っていき、誰《だれ》かと言葉を交《か》わしている。外からは相手の声しかわからないけれど、その声がジュリアのものより高かったので安堵《あんど》の息を吐《は》く。

出入り口の布をそっとめくって、中の様子を窺《うかが》っていたら。

「あー！　良かった、本当にいた！」

猫目《ねこめ》の美人に突然《とつぜん》指を差された。

雪のように白い髪《かみ》と苺飴《いちごあめ》みたいに真っ赤な瞳は、先ほどのアルバという少年と同じ色だ。肌《はだ》も自分よりずっと白く、動かなければこの世のものとは思えない儚《はかな》さを感じる風貌《ふうぼう》だ。

しかし彼女本人は溌剌《はつらつ》とした性格らしく、フェリシアの周りをすばしっこくぐるぐると回ってくるので、最初の印象はたちまち消えた。

「うん、見た感じ大丈夫そうだね！　も～、ベッドにいないの見たときは心配したんだよ。また連れ去られちゃったのかと思ったんだから」

「また、ですか？　あの、私、状況がよくわかってなくて……もし良ければ教えていただけると嬉《うれ》しいのですが」

「もちろん！　さ、こっち座って。椅子《いす》はないからこのままね。マルスも座って。あんたが立ってると女の子は怖《こわ》がっちゃうからね」

「はいはい」

最後にマルスが胡座《あぐら》をかいたのを確認《かくにん》してから、彼女は自分をリラと名乗った。

フェリシアも、身分は明かさずに名前だけを名乗る。偽名《ぎめい》を使わなかったのは、フェリシアという名前が多くあることを知っていたのと、ここで下手に偽名を名乗ってもぼろが出そうだと思ったからだ。

それに、マルスもそうだが、リラから敵意のようなものは感じない。弾《はじ》けるような明るい笑顔《えがお》は人を和《なご》ませる力がある。

そんなリラ曰《いわ》く、フェリシアの手当てをしてくれたのは、どうやら座長らしい。

「座長には会った？　口うるさい鬼《おに》みたいなおばあちゃんだったでしょ」

「こらリラ。そんなこと言ったら鉄拳《てっけん》が飛んでくるぞ」

「だって本当のことだもん」

思わず苦笑《くしょう》してしまう。口うるさい鬼かどうかは措《お》いておくにしても、確かに色々と強烈《きょうれつ》な人ではあった。

「でもね、口は悪いけど、善《い》い人なんだよ。だって座長がいなかったら、私たちみんなとっくに野垂れ死んでたんだから。フェリシアのこともね、実はマルスが拾ってきたんだけど、怪我の手当ての仕方なんてわからないマルスの代わりに、甲斐甲斐《かいがい》しく世話したのは座長だもん」

目を丸くする。では、この丁寧《ていねい》に巻かれた包帯は、全《すべ》てあの老婦がやってくれたということか。怪我の手当てに慣れた人の巻き方だった。

「あとでお礼を伝えておきます」

「うん。口では素っ気ないだろうけど、絶対喜ぶよ」

「それと、座長が君を逃がすなって言ってたことだけど、あれは怪我が治ってないのに無理させるなっていう、俺宛《あて》の注意だから気にしなくて大丈夫だよ」

「それは……ふふ、不器用だけど優《やさ》しい方なんですね」

「でしょ〜」

まるでどこかのツンデレ兄のようだ。言葉は優しくないのに、やっていることは思いやりに溢《あふ》れている。それに気づいてしまったなら、もう何を言われても憎《にく》めない。

「ちなみに、マルスさんが私を拾ったというのは？」

リラが「ああ！」と元気良く頷《うなず》き、マルスに答えるよう視線で促した。

それを受けたマルスが頬を掻きながら答える。

「実はさ、なんか騒《さわ》がしいなと思って見に行った先に君がいて。あまりにその、なんていうか、うん、きっ、きれいな子とぶつかっちゃって、びっくりして。ぼうっとしてたら男が二人、君を追いかけてきてさ。君は怪我《けが》してるし、ぼろぼろだし、男は明らかに人相が悪いし」

なぜか途中《とちゅう》で顔を赤くしたマルスに対して、リラがニヤニヤしながら肘《ひじ》を突《つ》いている。

「だ、だから、これは何かあるなって思って！　とりあえず男を気絶させたんだけど、君も気絶しちゃって。どうしようか悩《なや》んだんだけど、置いてくわけにもいかなかったから」

「だからこうして連れ込んだのよね〜」

「リラ！　言い方！」

つまりまとめると、マルスがフェリシアを追っ手から助けてくれたらしい。追われているときに誰かとぶつかったのは覚えている。それがマルスだったというわけだ。

「マルスさん、助けていただいてありがとうございました。あの人たちに捕《つか》まるわけにはいかなかったので、本当に助かりました。それと、さっきは勘違いで脅してしまって申し訳ありません」

「ああ、いや、俺も情けなかったから忘れてよ」

マルスが苦笑する。きっとそれはフェリシアを気遣っての言葉なのだろう。フェリシアが気に病《や》むことのないように。

彼は身体《からだ》は大きいけれど、とても繊細《せんさい》な心の持ち主らしい。あのときぶつかったのが彼だったのは、不幸中の幸いと言っていいかもしれない。

「ところでさ、訊《き》いていいのかわからないけど、君って――」

「君じゃなくてフェリシアよ。人の名前を呼ばないのは失礼じゃない？」

そう突っ込んだのはリラだ。

マルスは赤い顔のまま「うっ」と唸《うな》った。

「ほーらー。マルス、頑張《がんば》って」

「いや、というかなんでおまえが言うの、リラ」

「初心《うぶ》なマルスに助け船を出してるだけじゃない！」

「それ、余計なお世話って言うんだよ……」

リラが大げさに頬《ほほ》を膨《ふく》らませる。なんだか二人のやりとりが仲のいい兄妹《きょうだい》みたいで微笑《ほほえ》ましい。

「違《ちが》ったら失礼ですけど、もしかしてお二人は兄妹ですか？」

「やだ、違う違う。まあ、兄妹みたいなものではあるけどね！」

「そういえば俺たちのことを話してなかったな。俺たちは旅芸人一座の一員で、色んな国を移動しながら芸を披露《ひろう》してるんだ。だから一座のみんなは家族みたいなもんかな。血の繋《つな》がりはないけど、固い絆《きずな》で結ばれてるから」

「へぇ、それは素敵《すてき》ですね」

血の繋がりがあっても冷えた関係があることを知っているフェリシアとしては、とても羨《うらや》ましい関係性だ。

「その、フェリシアは、きょうだいとかいるの？」

マルスにそう訊《たず》ねられて、ぴくっと肩《かた》が揺《ゆ》れた。それは一瞬《いっしゅん》だったはずなのに、マルスはその一瞬だけ変わった空気を読んでしまったらしい。答えにくいなら大丈夫《だいじょうぶ》だよと気遣《きづか》う声は優しい。

ただ、フェリシアが固まったのは質問のせいではない。ウィリアムや親族以外の男性から名前を呼び捨てにされたのが初めてだったからだ。

やっぱり偽名にすれば良かったかなと後悔《こうかい》しつつも、でも自分を助けてくれた恩人に対して失礼だろうと常識が咎《とが》める。

なんとか違和感《いわかん》を呑《の》み込んだフェリシアは、努めて笑顔を作った。

「いますわ、きょうだい。でも私のところは話して楽しい関係ではありませんから。それより、皆《みな》さんのことを教えてください。今は旅の途中なんですか？」

「ああ、うん。今はトルニアの首都に向かってる最中だよ。タプロン・カーニバルってお祭り、知ってる？　それに出場する予定でさ。その、フェリシアのことを見つけたのも、今日は野宿の予定だったから、昼食と夕食用の魚を川から調達した帰りだったんだ」

そうだったんですか、と打とうとした相槌《あいづち》は、しかし一拍遅《いっぱくおく》れてやってきた驚《おどろ》きによって打てなくなった。

「えっ、じゃあ皆さん、今はタプロンに向かっている？」

「そうだよ～」

リラの後を継《つ》ぐようにマルスが説明する。

「祭りの最終日に開催《かいさい》されるコンテストに出る予定だからね。本当はその前から祭りに参加する予定だったんだけど……」

「体調不良者が続出しちゃってね～。長旅の疲労《ひろう》もだけど、ここの前にいた国で流行《はや》ってた風邪《かぜ》をどうも拾っちゃったみたいで」

「まあ、タプロンのカーニバルは俺たちにとって年に一度の最大級の祭り《コンテスト》だから、座長もみんなも諦《あきら》められなくて強行軍で向かってる感じだけどね」

「そーそー。コンテストで優勝すれば、王宮に招待してもらえるからね。あわよくば私たちの芸を気に入ってもらって、御用達《ごようたし》になれたら最高でしょ？　去年は惜《お》しいとこまでいったんだけどね～。だから今年こそはって、みんな張り切ってるの」

こんな偶然《ぐうぜん》があっていいのだろうかと、フェリシアはリラの手を両手で摑《つか》んだ。

摑まれたリラのほうは、何度もフェリシアとマルスを交互《こうご》に見てはきょとんとしている。

「リラさん」

「はいはい。え、なに。これ私が告白されちゃう感じ？」

「もしお邪魔《じゃま》でなければですけど、私もタプロンまで一緒《いっしょ》に行ってもよろしいですか？」

「よくわかんないけど、かわいい子に迫《せま》られたらドキドキしちゃう！　これはマルスがひと目惚《めぼ》れしたのもわか――んぶっ」

「余計なことを言うな」

ここでなぜかマルスがリラの口を後ろから塞《ふさ》いだが、今はそれを気にしている余裕《よゆう》はない。

だって、フェリシアはここがどこかもわからない。どうやったらウィリアムのいるタプロンに戻《もど》れるのか、道もわからなければ、かかる時間もわからないのだ。

おまけに仮装用の衣装に着替《きが》えたときに余計な荷物は置いてきてしまったので、無一文に近くもある。

「一緒に行かせていただけるなら、私にできることはなんでもします。きっと力仕事は役に立ちませんが、料理洗濯掃除《せんたくそうじ》、毒草薬草の知識なら豊富にありますので！　いかがでしょう!?」

「待って？　なんか今面白《おもしろ》いものが混ざってなかった？」

「あ。そういえば俺、さっき毒で脅《おど》されたっけ……」

「へー！　フェリシアって見た目よりずっと面白いね？　もちろん歓迎《かんげい》よ！」

「リラ！　わかるけど、勝手に決めちゃだめだろ。座長に断りを入れないと」

「だーいじょうぶだって！　座長なら顰《しか》めっ面《つら》で『ふん、勝手にしな』って言ってくれるよ。間違《まちが》いない」

「俺もそう思うけど、これはルールだから。だからごめん、フェリシア。座長に話してからでもいい？」

「もちろんです。私は部外者ですから、ここのルールに従います」

「ありがとう。そう言ってもらえると助かるよ。そのために、そろそろ君のことを訊いてもいいかな？」

そうしてマルスに、なぜ追われていたのか、あの男たちとの関係、彼らが再び襲《おそ》ってくる可能性はあるかなどを質問される。

それらについて答えるなら、フェリシアの身分についても明かさなくてはならなくなる。

けれど一人の今、身分を明かすことの危険性は高い。リラたちを信用していないというよりは、自分の軽率《けいそつ》な行動によって招かれる危険を身をもって知ってしまったので、その危険にリラたちまで巻き込むのが怖《こわ》いというのが正直なところだ。

「……実は、私にも彼らが誰《だれ》かはわからないんです。タプロンで観光中に助けた方からパーティーに誘《さそ》われたので参加していたのですが、そのときに襲われました。気づいたら馬車の中で、必死に逃《に》げ回っていたときにマルスさんとぶつかったんです」

嘘《うそ》は言っていない。これが今の自分に示せる精一杯《せいいっぱい》の誠意だ。

「じゃあ心当たりもない感じ？」

「そう、ですね。見たことのない人たちでしたし」

心当たりはないけれど、ジュリアの言った「憎《にく》き聖女」という言葉が引っかかっている。

フェリシアをサラと間違えたのか。一瞬過《よぎ》ったその考えは、しかし次の瞬間《しゅんかん》には自ら否定した。

ジュリアは「もう一人の」とも言っていたのだ。それに、サラとフェリシアの容姿は似ても似つかない。彼女は艶《つや》のある黒髪《くろかみ》で、フェリシアは金髪《きんぱつ》だ。さすがにシャンゼルから遠いトルニアといえど、姿絵のウィリアムの髪色《かみいろ》が本人と同じだったことを踏《ふ》まえると、本物の聖女であるサラの髪色が知られていないとは思えない。

　ましてや、教会は世界各地に散らばっている。世界的に見れば、ウィリアムよりもサラのほうが知名度は高いような気がした。

（そうなると、やっぱり狙《ねら》われたのは私ってことになるわ。サラ様じゃなくて私を狙ったなら、普通《ふつう》は王妃《おうひ》である私に対する恨《うら》みや嫉《そね》み、もしくは金銭か政治的な動機を考えるところだけど……）

　ジュリアは、フェリシアをあえて「聖女」と呼んだ上で連れ去ったのだ。その線は薄《うす》いと考える。

　他《ほか》に心当たりと言えば。

（アルフィアス関係かしら）

　教皇であるアルフィアスを失墜《しっつい》させたのは、フェリシアと言っても過言ではない。

　そして彼が本当は人間ではなく、さらに教皇に成り代わっていたということは混乱を避《さ》けるために公言していない。

　もし彼女が、その教皇《アルフィアス》に心酔《しんすい》する信者だったら？

（そうよ、教会は世界各地に散らばってるもの。あれからだいぶ経《た》つわ。この遠いトルニアまで教皇の失墜が伝わっていてもおかしくない。いったいどういうふうに伝わってるのかは知らないけど、そう考えれば接点のないジュリアさんが私を狙ったことも腑《ふ》に落ちる）あくまで推測の域は出ないけれど。一度そう考えてしまうと、それ以外にないような気もした。

自分が善行だと思ってやったことでも、他の誰かにとっては恨みの対象になり得る事実にフェリシアは瞼《まぶた》を伏《ふ》せる。

自分が全《すべ》て正しいだなんて、そんな傲慢《ごうまん》なことを思ったことはない。

けれど、今回のように巡《めぐ》り巡って恨みを買い、実際にぶつけられる恐怖《きょうふ》は初めてだ。

無意識に自分の腕《うで》をさすったとき。

「んー、じゃあ、お金持ちを狙った犯行だったのかなぁ。それともフェリシアの身分と美《び》貌《ぼう》を狙った、最近こっちのほうで流行りの人身売買とか？　ほら、変態はどこにでもいるからね～」

リラの明るい声がフェリシアの意識を底からすくい上げる。

咄嗟《とっさ》に「身分ですか？」と反応した。

「うん。だってフェリシア、たぶん貴族だよね？」

「えっ」

「ね、マルスもそう思うでしょ？」

「まあ、うん。着てる服の布は上等だし、なんだろう、言葉とか、仕草とか、俺たちとは違《ちが》うなとは感じたよ」

正解ではないけれど、遠くもない指摘《してき》に目を丸くする。

言葉と仕草。それは盲点《もうてん》だった。さすがに「わたくし」を使う一般《いっぱん》人はあまりいないだろうという前世の感覚から一人称《いちにんしょう》は「私」にしていたし、それに引っ張られて普段《ふだん》より砕《くだ》けた口調になっていたはずだが、まさかそれでも勘《かん》づかれるなんて。

前世は平凡《へいぼん》な一般市民だったから、自分にウィリアムのようなオーラはないと油断していた。

（それだけ今世の習慣が染《し》みついてるんだわ。でもそうよね、前世はもっともっと砕けた口調だったわ。『うわー』とか『やば』とか使ってたかも。ちょっと考えればわかるのに、私の馬鹿《ばか》……！）

それに、いくら前世を覚えていたって、フェリシアはフェリシアなのだ。今世に生きる自分こそが本物で、過去の自分をいつまでも引きずっていたって仕方ない。

（……もしかして、私の自覚が足りないのって、そのせいもある？）

前世の記憶《きおく》を引きずりすぎて、一般市民の感覚が抜《ぬ》けていないこともまた、王妃としての自覚の足りなさに影響《えいきょう》を与《あた》えているのかもしれない。

王女だった頃《ころ》は、王族としての権利を与えられなかった代わりに、王族としての義務も迫られなかった。

言ってしまえば、前世とそう変わらない自由な日々を過ごしていた。

前世に執着《しゅうちゃく》しているつもりはなかったけれど、確かにこれまでは、折に触《ふ》れてウィリアムに前世の話をしたり、何度も前世を振《ふ》り返ったりすることがあった。そういう意味では、自分で思っている以上に前世に囚《とら》われていたのだろう。

だからもしかしたら、王妃としての覚悟《かくご》を決めることは、前世と決別し、今の自分を生きていく覚悟を決めることにもなるのかもしれない。

「でもそれならまあ、また襲われることはなさそうかな？」

リラの声にハッと我に返る。

自信をもって頷《うなず》けないのが申し訳ない。フェリシアの煮《に》え切らない態度で察したらしいマルスが、場の空気を変えるように大きく手を叩《たた》いた。

「よし、事情はだいたいわかったし、じゃあ座長のところに行こうか」

「いいんですか？　自分で言うのもなんですが、私、厄介《やっかい》者ですよ？」

立ち上がったマルスを不安げに見上げれば、彼は「んんっ」と咳払《せきばら》いをして、なぜか頬《ほほ》を淡《あわ》く染めながら大丈夫《だいじょうぶ》だと言う。

「旅は道連れ世は情けって、どこかの国で聞いたことがあってさ。フェリシアと出会えたのも、きっと何かの縁《えん》だと思うから。頼《たよ》ってよ、俺たちを」

「そこは『頼ってよ、俺を』じゃないの〜？」

「リラ。おまえほんとやめてくれない？」

じゃれ合う二人に、自然と笑《え》みがこぼれた。

「フェリシアお姉ちゃん、これがウス……なんとか？」

「そうよ。ウスベニタチアオイ。これは草丈《くさたけ》が一メートル以上はあるかしら。こんな感じで花弁は五枚あってね、淡いピンクの花がかわいらしいでしょ？」

「うん！　かわいいし、おっきいねぇ。これがお薬になるの？」

「喉《のど》の痛みや乾《かわ》いた咳《せき》に効くのよ」

あれからフェリシアは、マルスとリラの口利《くちき》きで一座の世話になることになった。

タプロンまでの限定ではあるものの、一座の人たちは大らかな性格の人が多く、みんな歓迎《かんげい》してくれた。

座長からは、やはりリラの予想どおりぶっきらぼうな態度で「勝手にしな」と言われたが、包帯を替《か》えるときの手つきは優《やさ》しく、本当に不器用な人なのだとわかってこっそり笑ってしまった。

そうして、最初は自分で言ったとおり料理洗濯掃除《せんたくそうじ》担当となったフェリシアだったが、座長の扱《あつか》う薬草に食いついた結果、今ではフェリシアが病人や怪我《けが》人の対応を請《う》け負っている。

これまでは座長一人が体調不良者や怪我人の看病をしていたらしいが、別の国で流行《はや》り風邪《かぜ》をもらってしまって以降、猫《ねこ》の手も借りたいくらい手が回っていなかったという。フェリシアに知識があるとわかった座長から手伝いを頼《たの》まれた次第《しだい》である。

「ウスベニタチアオイはね、薬にもなるけど、料理として食べることもできるのよ。根から採れるでんぷんでマシュマロっていうお菓子《かし》を作れるんだけど……」

通常、砂糖や卵白《らんぱく》、ゼラチンなどで作るマシュマロだが、その起源がこの植物のでんぷんから作ったものなのだ。

「でも根は薬用に使いたいから、今回は葉や花をサラダにして食べましょう。マシュマロはみんなが元気になってからね」

「うん！　楽しみ！」

一座には小さな子どもも何人かいて、今はその子たちと一緒《いっしょ》に薬草採取をしているところだ。寒くはない天候だが、みんな似たり寄ったりの長袖《ながそで》長ズボンの格好で、隠《かく》せていない線の細さが痛ましい。

というのも、この一座にいる人は帰る家を失った人たちばかりで、中には奴隷《どれい》として売られそうになった人もいるという。そういう人たちを座長が引き受け、自分の力で生きていけるように芸を仕込み、独り立ちするまで面倒《めんどう》を見ているのだとか。

だからか、人攫《ひとさら》いに遭《あ》ったフェリシアにみんな同情的だ。なんとなくフェリシアが一般市民ではないと感じていても態度を変えずに接してくれるのは、それもあってだろう。

ただ、リラ曰《いわ》く「というより、フェリシアがそうだからだよ。だってフェリシア、私やアルバを見ても普通《ふつう》なんだもん」とのことだったが、何が「そう」なのかは教えてもらえなかった。

（こうしてると、なんだか自分が逃《に》げている最中だってことを忘れそうになるわね）

子どもたちが採取した薬草をまとめているのをそばで見守りながら、物思いに耽《ふけ》る。

これはあとから知ったことだが、フェリシアが目を覚ました場所は思ったよりタプロンから離《はな》れていなかったらしく、ちょうどカーニバルの最終日である明日には目的地へ到《とう》着《ちゃく》する予定らしい。

それを聞いて心の底から安堵《あんど》したのは言うまでもない。絶対ウィリアムに心配をかけているから、少しでも早く彼に無事を伝えたかったのだ。

（ウィル、ごめんなさい。あと少しだから、だから……）

彼の優しい笑顔を思い出して、ネックレスに通していた指輪を無意識に握《にぎ》りしめる。水仕事をする際に外してペンダントと一緒にチェーンに通していたのだが、これを握ると一人じゃないと思えて元気がもらえる。

「フェリシアお姉ちゃん、どうしたの？　お胸がいたいの？」

一人の子が心配そうにフェリシアを覗《のぞ》き込んできて、そのときにフェリシアの握る指輪に気づいた。

「わあ、きれいなゆびわ！」

その声を聞いた他《ほか》の子どもたちも集まってきて、終《しま》いにはリラまでやって来る。

「なになに～。なんか面白《おもしろ》いものでも見つけた？」

「リラちゃん、見て！　フェリシアお姉ちゃん、きれいなゆびわ持ってるんだよ！」

「えっ⁉」

なぜかリラに特大級の驚愕《きょうがく》をされ、フェリシアもまたびくついた。

「うそっ。フェリシア、それ、フェリシアの？」

「？　はい」

「まさか、恋人《こいびと》からとか？」

「いいえ。恋人じゃなくて……」

「じゃないんだ！　そっかそっかー！」

今度は安堵するような様子に、フェリシアは首を傾《かし》げながら続けた。

「夫からもらったものです」

「夫⁉　えっ、夫⁉」

苺《いちご》の瞳《ひとみ》をこれでもかと見開いて、リラは愕然《がくぜん》とした表情をする。

しかしそのリラを上回る顔色の悪さを見せたのが、いつのまにか野次馬《やじうま》に交ざっていたマルスだった。

「お、夫……」

「フェリシアって結婚《けっこん》してるの⁉」

リラに詰《つ》め寄られ、若干《じゃっかん》仰け反りながら頷く。

「タプロンには新婚《しんこん》旅行で来ました」

「うそ！　聞いてないよ⁉」

「あれ、言ってませんでした？」

「観光とは言ってたけど！　待って、え、待って？　――ハッ、マルス！」

「はは……今はちょっと、俺に振《ふ》らないで……」

「だめだショックが大きい！　えーっと、じゃあ旦那《だんな》さんは、タプロンに？」

「ええ。きっと心配させてると思うので、早く戻《もど》らないと」

でも戻ったとき、自分は彼の顔を真っ直《す》ぐと見られるだろうか。そんな不安が胸を過《よぎ》る。

今回のことは自分の未熟さが招いたことだ。王妃《おうひ》のなんたるかを見つけられていない自分が、はたしてウィリアムの隣《となり》に並んでもいいのだろうか。

いや、彼の隣を誰《だれ》かに譲《ゆず》るつもりもないけれど、胸を張って並ぶには少しだけ自信がない。

「フェリシアお姉ちゃん、かなしいお顔してる。おっとさん？　と早く会えるといいね！」

「ええ、そうね。ありがとう」

決して彼と会いたくないわけではないから、自信を持って会うためにも、今の自分には考えなければならないことがある。

そのとき、服を引っ張られる感覚がして、フェリシアは下に視線を移した。

「ねーねー、おっとさんってどんな人？」

じっと見上げてくる無垢《むく》な瞳は、きらきらと好奇心《こうきしん》に輝《かがや》いている。もしかするとそういうことが気になり始めるお年頃《としごろ》なのかもしれない。

つい微笑《ほほえ》ましくなって、そうね、と出逢《であ》ってからのウィリアムを思い出してみた。

「私の旦那様は、意地悪で、人を揶揄《からか》うのが好きで、たまに悪魔《あくま》みたいな人かしら。外堀《そとぼり》を埋《う》めるのが得意で、怒《おこ》らせると精神的に追いつめてくる鬼畜《きちく》でもあるわね」

「「えっ」」

その場にいたみんなの声が重なる。

「ごめん、フェリシア。失礼を承知で訊《き》くんだけど、身分の高い人ってさ、ほら、家のための結婚とかあるでしょ？　もしかして、あれだったりする？」

リラが内緒話《ないしょばなし》でもするように耳打ちしてきた。

しかし話が聞こえたらしいマルスも目の前にやって来る。

「そうなの？　フェリシア。まさか、家のために……？」

まだ知り合って間もないフェリシアを心配してくれたのか、彼の瞳が揺《ゆ》れている。マルスは身体《からだ》は大きいけれど、やはり心は繊細《せんさい》で、とても優《やさ》しい人なのだと改めて思った。

彼の心配を払拭《ふっしょく》しようと、さっぱりと笑う。

「違《ちが》いますよ。これにはちゃんと続きがあるんです。そんな人ですけど、本当は優しくて、一途《いちず》で、少しだけ臆病《おくびょう》な、放《ほう》っておけない人なんです」

誰よりも民《たみ》を思い、子どもの頃《ころ》に一度会っただけのフェリシアをずっと想《おも》ってくれて、孤独《こどく》を恐《おそ》れる人。

だから、彼を孤独にしたくないと思った。

優しい彼が闇《やみ》に堕《お》ちてしまわないよう、その孤独に寄り添《そ》いたいと思った。

そして願わくは、自分が彼を癒《い》やす存在になれたらいい。

「ですから、私は彼を愛しています。誰よりも、何よりも大切な存在なんです」

こんなこと、ウィリアム本人には気恥《きは》ずかしくて素直《すなお》に告げられないけれど。

「きっかけがなんであれ、誰かの思惑《おもわく》がなんであれ、彼と一緒にいられるなら、私は気にしません」

二人の結婚には、政略的な意味も少なからずあっただろう。それでも構わない。ウィリアムと一緒になれるのなら。

「わあ、お姉ちゃん、お顔がまっか！」

「え⁉」

「照れてるー！」

「かわいーー！」

子どもにまで揶揄われるなんて、きっとかなり赤いに違いない。なんだか熱も持っているような気がして、保管している熱冷まし用の薬草を煎《せん》じて飲みたくなった。

「ねー、マルスがなんか変～」

そのとき、一人の子の声で立ったまま風化しかけているマルスに気づき、フェリシアは目をぎょっとさせる。

「あんたたち、それに触《さわ》っちゃだめよ。今触ると死んじゃうから」

「マルス死ぬの⁉」

「えっ、どこか身体の調子が悪いんですか⁉」

子どもたちと同じようにおろおろと様子を窺《うかが》っていたら、リラが遠い目をして答えた。

「そうね。甘い病に罹《かか》った途端《とたん》にトドメを刺《さ》された感じだから、今はそっとしておいてあげて」

「それは大変です。放っておくなんてできません。何か薬草を煎じましょう。症状《しょうじょう》は？　マルスさん、どこか痛みはありますか？　気になるところは？　マルスさーん？」

返事はない。これは重症《じゅうしょう》だと焦《あせ》りを募《つの》らせたとき。

「もしかしてフェリシアって、鈍感《どんかん》って言われない？」

脈絡《みゃくらく》なく言われて、口を開けたままリラを振り返る。

「言われるんだねぇ」

「た、たまにですよ？」

「ちなみに旦那さん以外に恋人ができたことは？」

どうしてそんなことを訊くのだろうと思いながらも、リラに回答を迫《せま》られて首を横に振った。

「そっか、旦那が初恋《はつこい》かぁ。……勝ち目はないな」

「え？」

「んーん！　マルスの話！」

そこは「こっちの話」ではないらしい。

「まあ、マルスのことは本当に放っておいて大丈夫《だいじょうぶ》だから。ちょっと衝撃《しょうげき》が強かっただけだろうし。それより昼食の準備しに行こ」

「本当に大丈夫ですか？　誰かの風邪《かぜ》がうつったとか……」

「ああ、ないない。マルスって健康だけが取り柄《え》だからね」

「？　でも見ず知らずの私を助けてくれたので、優しいのも取り柄だと思いますよ」

「フェリシア……。いや、うん、他意がないのはその澄《す》み切った瞳を見ればわかるんだけどね、それ、マルスに言っちゃだめだよ。沼《ぬま》にはまって抜《ぬ》け出せなくなるから」

「もしかして褒《ほ》められるのが苦手な方でしたか？　わかりました、気をつけます」

「違うんだけどそういうことにしておこう」

子どもたちも一緒《いっしょ》に昼食の準備をして、みんなでお昼ご飯を食べる頃にはマルスも復活していた。

薬草が入り用なら遠慮《えんりょ》なく言ってほしいと伝えたら、曖昧《あいまい》な笑《え》みで大丈夫だと返された。代わりに、なぜか「俺がちゃんと無事に送り届けるから」と固い決意を宣言されたが、そこまで気負わせるつもりはない。それよりコンテスト頑張《がんば》ってくださいと応援《おうえん》すると、今度は若干の涙目《なみだめ》でお礼をもらってしまう。

（マルスさんって、不思議な人ね？）

と、昼食時にあったことを思い出しながら子どもたちの遊び相手をしていたら、コンテストに向けて最後の練習をしていたマルスが休憩《きゅうけい》と称《しょう》して近寄ってきた。

「フェリシアは子どもの相手に慣れてるね」

「そうでしょうか？　自分ではよくわかりませんけど、もしかしたら以前訪問した養護院での経験が活《い》きてるのかもしれません」

「養護院？　あ、貴族の慈善《じぜん》活動とか？　そっか、そういえばフェリシアって、貴族だったっけ」

本当は違うけれど、今さら明かすのも変なので微笑みで躱《かわ》す。

「なんかさ、フェリシアってそんな感じがしないよね。だから俺、越《こ》えちゃいけない線をいつのまにか越えちゃったんだなぁ」

「……私、見えないですか？」

「あ、悪い意味じゃないよ？　ほら、フェリシアは変に威張《いば》らないし、差別もしないから。親しみやすくて、俺は、す、好きだよ、うん」

「親しみやすい……」

その言葉がちくりと胸に刺さって、マルスが顔を赤くしていたことには気づけなかった。だってそれは、きっと一般《いっぱん》的にはポジティブな意味を持つのだろうが、今のフェリシアには素直に受け取れない事情がある。

まるで、自分は王妃《おうひ》にはなれないと、そう言われているような気がして――。

「あー！　マルスがフェリシアを口説いてるー！」

一緒に遊んでいた子どもの一人が叫《さけ》んだ。これに慌《あわ》てたのはマルスだ。

「ばっ、違うから！　というかどこで覚えてきたんだ、そんな言葉！」

「リラが言ってたー」

「あいつ……っ」

「ねーマルス、見て見て。フェリシアお姉ちゃんがお花の冠《かんむり》の作り方教えてくれたの」

「俺はフェリシアとかけっこした！　もちろん俺が勝ったけどな！」

わらわらとマルスを囲むように集まってきては、何が楽しかったか一生懸命《いっしょうけんめい》伝える子どもたちに自然と笑みがこぼれる。

平和だな、と思う。

彼らは、一歩間違《まちが》えれば奴隷《どれい》商人に売られていたかもしれず、飢《う》えに苦しんでいたかもしれない子どもたちだ。

それをこの一座の座長が助け、こんなにも笑って過ごせている。

シャンゼルでは奴隷を認めていないし、飢えに苦しむ人たちを減らすための政策が実施《じっし》されており、フェリシアは今までそういった人々を目《ま》の当たりにしたことはない。

けれど、一座に入って間もないという子どもの細すぎる身体《からだ》を見てしまうと、思うところはある。

たとえそれが、他国のことだとしても。

こうして座長のように手を差し伸《の》べている人がいる一方、今の自分は何もできていないことを痛感する。

(王妃の仕事の中には養護院の管理があるけど、ただ管理すればいいものじゃないって、みんなを見てると思うわ)

なぜなら、そこには人がいて、感情があって、誰《だれ》かの人生があるのだから。

（私は、この子たちのために何ができる？　この子たちは運良く座長に助けてもらえた。でも世界には、きっと今も苦しんでる子どもたちがたくさんいるはずよ。シャンゼルにだって、しなくてもいい辛《つら》い経験をした子どもたちがきっといるわ。その子たちのために、私ができること……）

考える。こういうことは医療《いりょう》と同じだ。対症療法《たいしょうりょうほう》ではまた新たな犠牲者《ぎせいしゃ》が出てしまい、本当の意味で彼らを救うことはできない。

根本から正すことで新たな犠牲者を増やさず、被害者《ひがいしゃ》となってしまった人を独り立ちできるまで支援《しえん》する環境《かんきょう》が必要だ。

でもそんな大規模なこと、個人ではなかなかできない。

それこそ王妃のように、権力も、大金も動かせるような人間でないと。

（そっか……それが、私なんだわ）

つい思考に没頭《ぼっとう》していたら、後頭部を軽く小突《こづ》かれて意識を現実に戻《もど》す。

「何をさぼってんだい、フェリシア」

「座長！」

「そんな辛気《しんき》くさい顔で子どもたちと一緒にいるんじゃないよ」

言葉はきついが、これはおそらく心配してくれているのだろう。座長とよく似たツンデレな兄のおかげで、フェリシアは早々に座長の言葉を正しく理解できるようになっていた。

「ちょっと考え事をしてました。それに、座長はすごいなって思ってたんです。困っている人に躊躇《ちゅうちょ》なく手を差し伸べて、こうやって一座の長《おさ》として頑張ってらっしゃるから」

それに比べて……と自己嫌悪《けんお》で言葉が続かず、気づけば俯《うつむ》いていた。

その頭を再びぺしんと叩《たた》かれる。

「続きがあるならはっきり言いな。あたしゃ前置きは嫌《きら》いだよ。自分の口で言いたいことを言えない奴《やつ》も嫌いさね」

「でも……言っていいんでしょうか」

兄には弱みを見せるなと忠告された。国を背負う立場にあるなら、国を守るために、簡単に弱点を教えるなと。

「そんなのあたしが知るわけないだろ。でも一人で悩《なや》んでたって大抵《たいてい》ろくでもないことになるんだ。年寄りの経験を馬鹿《ばか》にしちゃいけないよ」

（一人……）

そうか、と突然《とつぜん》光明を得た気がした。

座長の言うとおりだ。どうして一人で悩んでいるのだろう。

自分にはウィリアムがいて、ウィリアムには自分がいるのに。

これまで〝二人で〟頑張ろうと言ってきたのは他《ほか》でもない自分のはずだったのに、悩みも一緒に考えればいいという発想はなかった。だって、彼に迷惑《めいわく》をかけたくなかったから。

（でももしかして、お兄様が本当に言いたかったことって、そういうこと？）

兄は簡単に弱みを見せるなと言ったけれど、それは他国の人間である兄自身にだ。全《すべ》ての人間にそうであれとは言わなかった。

（もし本当にそうなら……わかりにくすぎるのよ、お兄様は）

鼻の奥がツンとする。相変わらず簡単には優《やさ》しくしてくれない兄である。

でもそんなところが、やっぱり憎《にく》めない。

（ウィルも、そう思うと、ずっとそれを許してくれていたのね）

これまで散々彼には「甘えてほしい」「頼《たよ》ってほしい」と乞《こ》われてきたが、その本当の意味をやっと理解したような気がする。

そこには愛する人との甘い戯《たわむ》れという意味の〝甘え〟も含《ふく》まれていたとは思うけれど、彼はきっとそれだけを言っていたわけじゃない。

悩みを相談したり、些細《ささい》なことも二人で話し合ったり、共有したり、そういう〝甘え〟も期待していたのではないだろうか。

だから、「頼ってほしい」と言っていたのではないだろうか。

（そのわりには、ウィルだって全然相談してくれないけど）

思わず頬《ほほ》を膨《ふく》らませたのは許してほしい。

つまり、互《たが》いに相手に頼ってほしいと願いながらも、二人とも誰かを頼ることのできなかった人生を過ごしてきたせいで、すれ違いが起きていたのだ。

(王妃としての自分に不安があるなら、一番に相談すべきはウィルだった。私が何も言わないから、きっとウィルも何も言えなかったのね)

相談し合える空気を築くのは大事なことだ。特に自分たちのように、誰かに相談することに慣れていないならなおさら。

負担になりたくないという無意識のブレーキは、相手にとっては遠慮《えんりょ》されていると感じてしまい、不安の元となっていたのだろう。

「座長は、どうしてこの一座を始めたんですか?」

唐突《とうとつ》な質問だったが、座長はフェリシアをじっと見つめたあと、遠くに視線をやりながら「さあね」と答えた。

「それがあたしにできることだったからじゃないかね」

風が二人の間を吹《ふ》き抜《ぬ》けていく。そう言った座長の横顔は、どこか憂《うれ》いを帯びていた。

「私も、座長みたいになれるでしょうか」

思わず胸中を吐露《とろ》したとき。

「馬鹿言ってんじゃないよ」

憂い顔から一転、いつもの顰《しか》めっ面《つら》で座長が答える。

「なれるわけがないんだよ。あたしはあたしで、あんたはあんたなんだから。それに、誰しも自分のできることなんて限られてんだ。同じ人間がいたら同じことしかできないだろ？　そんなつまらない世界にしたいのかい、あんたは」

「いいえ、したくありません」

なぜだろう。耳の裏で、少しずつ鼓動《こどう》の音が大きくなっていく。

叱《しか》られているはずなのに、座長の言葉はまるでフェリシアを叱咤《しった》激励《げきれい》してくれているみたいで、応《こた》えたいと思わせる。

「私は、そんな世界にはしたくありません。全部同じなんて嫌《いや》です。違うからいいんです。違うから、誰かと出会えて、興味を持って、いつしか大切な存在になっていくんだと思うから」

それに。

「違うから、私は、あの人と出逢《であ》えたんです」

――〝フェリシアは私にないものを持っているね。だから、憧《あこが》れたんだ〟

それは、いつだったかウィリアムが教えてくれたことだ。

フェリシアだから、彼は自分を好きになってくれた。

「私は、そんな世界がいいです。誰もが違って、自由で、個性を伸ばせるような、生まれた環境のせいで自分の人生を諦《あきら》めなくてもいいような――そんな世界が」

自由には責任が伴《ともな》うことを知っている。

個性が時に酷《ひど》い差別を受けることを知っている。

誰《だれ》も望んで過酷《かこく》な環境の下《もと》に生まれたわけじゃない。

それでも――。

「少し、理想が高すぎるでしょうか？」

眉尻《まゆじり》を下げながら訊《たず》ねたフェリシアに、座長は存外柔《やわ》らかな表情をして言った。

「さあね。それはあんた次第《しだい》だよ」

フェリシアも仄《ほの》かに笑《え》みをこぼす。

理想を理想で終わらせるか、それとも現実のものとするか。それはフェリシアの覚悟《かくご》と努力次第だと言われている。

裏を返せば、「できるわけがない」と一蹴《いっしゅう》されなかった。それだけで、未来への期待に胸が高鳴る。

「ありがとうございます、座長。私、座長や皆《みな》さんと出会えて、本当に良かったです」

この出会いがなければ、きっと気づけなかった思いがある。

どんな逆境も、苦境も、次の自分の糧《かて》にしていく。

それがフェリシア・フォン・シャンゼルなのだと、久しぶりに思い出した気分だった。

そうしてようやく、一行はタプロンの街に到着《とうちゃく》した。

「調査隊から連絡《れんらく》があったぞ」

重苦しい空気が漂《ただよ》う室内に響《ひび》いた声に、ウィリアムが座っていた椅子《いす》から勢いよく立ち上がった。

場所は、新婚《しんこん》旅行のために借りていたタウンハウス。ウィリアムとしては、本当はあのまま侯爵《こうしやく》家の邸宅《ていたく》内をくまなく捜《さが》したかったところだが、そのための口実がなかったのだ。

さすがのウィリアムも、証拠《しょうこ》もなしに「そちらの娘《むすめ》さんがうちの妻を誘拐《ゆうかい》したので捜させろ」とは言えなかった。

一度態勢を整える必要がある。

そう判断したウィリアムは、一緒《いっしょ》に来ていた自国の騎士《きし》たちにも事のあらましを伝えるため、やむなく、けれど早々にパーティーを切り上げ、侯爵家を後にすることを決めた。

おかげでタウンハウスは三国の王と騎士が詰《つ》める物々しい場所と化し、若干手狭《じゃっかんてぜま》になっている。

よって応接間には、三人の王とそれぞれの騎士を一人だけ入れることにした。

「調査の結果、仮装パーティー中にカプト侯爵の次女を見た人間はほとんどいなかったことが判明した。しかも見かけたのはパーティーが始まって間もない頃《ころ》だ。それとなくカプト侯爵夫人に探《さぐ》りを入れてみたら、娘は体調不良との返答があったらしい。これだけでは夫人——ひいてはカプト侯爵家が今回の件に関《かか》わっているか微妙《びみょう》なところだが、結論を言ってしまえば、おそらく侯爵と夫人はシロだろう。金を掴《つか》ませた侯爵家の使用人曰《いわ》く、ジュリアはよくそう言って部屋にこもることがあり、何かの宗教に執心《しゅうしん》してからはますます引きこもりになってしまい、侯爵と夫人も手を焼いていたそうだ。それもあって、二人は娘に関してほとんど放置状態だとさ」

そこで、とフランチェスカは続けると。

「仮装パーティーに潜入《せんにゅう》させた私の騎士がしばらく屋敷《やしき》を張ったところ、パーティーが終わって帰っていく貴族たちの馬車の中で、一台だけ妙《みょう》に質素な造りの馬車が出て行ったらしい。もちろん尾行《びこう》した結果——」

フランチェスカから目配せを受けたトルニアの騎士が、机上《きじょう》に地図を広げる。

彼女は迷いなく現在地とカプト侯爵家に印を付けると、最後にジュリアが向かったという場所に遊戯《ゆうぎ》用として部屋にあったクイーンのチェス駒《ごま》を置いた。

「フェリシア王妃《おうひ》はここにいる可能性が高い」

示された場所を覗《のぞ》き見たウィリアムとアイゼンが、同時に反応する。

「なるほど、そういうことですか。いくら考えても侯爵令嬢との接点を見つけられなかったんですが、やっと見つけましたよ、接点」

「これは貴殿《きでん》の後始末が悪かったな」

「どうやらそのようです。あの男に近しかった人間は一掃《いっそう》したはずなんですが、まさかこんなところに伏兵《ふくへい》がいたとは思いもしませんでした。本当に……消してもなお腹立《はらだ》たしい男です」

「なあ、すでに何度か言ったが、君たちだけでわかり合うのはやめてくれないかな。こっちは事情を知らない分、さっぱりなんだが。実は仲がいいだろう？　君たち」

「まさか。トルニアの女王は相当視力が悪いんですね。眼鏡を買ったほうがいいのでは」

「そういえば近々生誕祭が開催《かいさい》されると聞いたぞ。持っていないなら余が特別に贈《おく》ってやろうか？」

「だからそういうところだよ」

苛々《いらいら》していたのでつい口から嫌みが出てしまったが、アイゼンはわざとこちらの発言に乗ったのだろう。

それが不甲斐《ふがい》ない自分《ウィリアム》への仕返しだということはすぐにわかった。口元は意地悪く笑っているのに、こちらに向けてくる目は全く笑っていなかったから。

「とりあえず、フェリシアを攫《さら》ったのは予想どおりカプト侯爵令嬢で間違《まちが》いないとわかりました。突《つ》き止めていただいたここは――教会は、シャンゼルに総本山があります」

「ああ、それは知ってるさ。ここは聖女信仰《しんこう》のところだろう？　トルニア《うち》の中では比較的《かくてき》新しく、細々《ほそぼそ》とやっていたところだ。彼らの言う瘴気《しょうき》だか魔物《まもの》だかについては戯言《たわごと》とみなしていたから、ほとんどマークしていなかったが。信仰者が少ないこともあって、そこまで脅威《きょうい》的でもなかったしな」

　ウィリアムは首肯《しゅこう》した。

「トルニアやグランカルストではそうでしょう。しかし魔物も瘴気も実在します。義兄上《あにうえ》はすでにその身をもってご存じでしょうが」

「不本意なことにな」

「実在する？　だが、誰《だれ》もその存在を見たことがない。そもそも、教会の総本山がシャンゼルにあることと、フェリシア王妃が攫われたことが繋《つな》がらないんだが」

「その総本山のトップ——教皇が偽者《にせもの》だったことを暴《あば》き、また一部による悪事も暴いて教会の信頼《しんらい》を失墜《しっつい》させたのが聖女と王家だったからです。そしてそのとき、誰よりも活躍《かつやく》してくれたのがフェリシアでした。彼女がいなければ教皇を引きずり落とすこともできなかったでしょう。だからこそ、後々彼女を恨《うら》みそうな種は芽吹《めぶ》く前に取り除いておいたはずだったんですが……」

　内心で舌打ちする。詰めが甘かった自分に苛立《いらだ》った。

「とにかく、カプト侯爵令嬢が教会に関わりのある人物だとわかった今、彼女がフェリシアを攫った理由はそれ関連だと推測できます」

「魔物が実在するというのは？」

「それはまた別の話になってきますが、確かですよ。ただ、魔物は瘴気が取り憑《つ》いた動物のことを言います。ですから、瘴気が視《み》えない人間からすれば凶暴《きょうぼう》化した動物にしか見えないため、その存在が半信半疑にされているんです」

　そう答えると、アイゼンが何かに気づいたようにハッとした。

「ちょっと待て、ウィリアム殿《どの》。魔物が凶暴化した動物だと？　確かにそう見えたが、実際にそうだとは聞いていないぞ」

　アイゼンが額を押さえる。まるで失敗を嘆《なげ》くような仕草に、ウィリアムは首を傾《かし》げた。

「じゃあ何か、最近我が国《グランカルスト》を含《ふく》むこのあたりの国で獣害《じゅうがい》が増えているのは、まさか……」

「ああ、なるほど。それが魔物の仕業《しわざ》である可能性はあるでしょうね。魔物はシャンゼルにのみ現れるわけではありませんから。シャンゼルでの出現率が高いだけであって、他国でも存在は確認《かくにん》されています。ただ義兄上たちの話によれば、最近になって獣害が増えたんですよね？　そのあたりが気になります。不法出入国者との関係も不明ですし。いずれにせよ、増加した獣害が魔物による被害《ひがい》の可能性があることも視野に入れるのをお勧《すす》めします」

「簡単に言ってくれるな。視野に入れたとして、事実魔物の仕業だった場合、どう対処しろと？　シャンゼル以外に聖女はいないだろう」

　アイゼンが苦虫を噛《か》み潰《つぶ》したように眉間《みけん》にしわを寄せた。

「どういうことだ？　今のグランカルスト王の言い分だと、つまりその魔物とやらは、聖女でなければ倒《たお》せないのか？」

「いいえ、聖女は瘴気を浄化《じょうか》する存在です。魔物を倒すには殺すか、浄化薬で元の無害な動物に戻《もど》すかのどちらかです」

「浄化薬？」

「フェリシアが開発した薬です。ですが、その詳《くわ》しい説明は全《すべ》てが解決してからにしましょう。フェリシアを無事に見つけられたあかつきには、両国に浄化薬や魔物に関する情報をお渡《わた》しすると約束しますから」

「ならばなおさら早く彼女を見つけなくてはな」

　三人同時に頷《うなず》く。

「ゲイル」

「はいはーい。なんですか、陛下。相手を死ぬまで苦しめる毒なら心当たりがありますよ」

「それは後だ。それより、誰かもう一人騎士を連れてこの教会に行き、フェリシアがいるかすぐに確認してこい。もちろん相手には気づかれないように」

「了解《りょうかい》っす」

「そこでフェリシア自身を確認、もしくはフェリシアがそこにいる可能性が高いという手がかりを見つけたら、一人はそのまま見張り、一人が伝達に戻ってくること」

「ふむふむ。陛下の仰《おお》せのままに。って言いたいんですけど、やっぱり先に殺《や》っちゃうのはだめっすか？」

「そんなことをしたら私がおまえを殺すよ」

「あー、やっぱだめですかぁ。殺しちゃったら陛下が痛い目に遭《あ》わせられないっすもんね～。でも王女さんの忠犬としては、早く相手の身体《からだ》に牙《きば》を立てて、そこから毒を送り込んでやりたいんですけど」

「くどい」

低く返すと、ゲイルは諦《あきら》めたように「はいはい」と肩《かた》を竦《すく》めた。

「ま、王女さんを心配して扉《とびら》の前から動かない別の忠犬もいるみたいですし、こっちの怒《いか》りも買う前に行ってくるとしますかね」

ひらりと窓から飛び降りたゲイルに、トルニアの面々が目をぎょっとさせた。

フランチェスカが呟《つぶや》く。

「親が親なら子も子というのは、こういうことだな」

その意味を理解しても、あえて何も突っ込まなかったウィリアムである。

そのあと、本気を出したシャンゼル側とグランカルスト側の静かなる反撃《はんげき》により、教会にジュリアが潜伏《せんぷく》していることを確認した。

しかしジュリアとその仲間と思われる数人は確認できたものの、肝心《かんじん》のフェリシアの姿が確認できなかったという。

じっと待っているのも我慢《がまん》の限界だったウィリアムは、直撃《ちょくげき》したほうが早いと判断し、すぐに教会へ向かう準備を始める。

ちなみに、こういうときは人数がいたほうがいいと考えていたとき、何も言わなくても同じ考えだったらしいアイゼンとフランチェスカが自分の騎士《きし》に命令している姿を見て、ちょっと部下にほしいと思ってしまったのは秘密だ。

そうして到着《とうちゃく》したのは、首都から少し外れた場所にあるこぢんまりとした教会だった。

地元の人間ですら通う者がいないのではないかと思うくらい建物は手入れがされておらず、外壁《がいへき》は地面から這《は》う蔓性《つるせい》植物のアイビーが一階部分をびっしりと埋《う》め尽《つ》くしていた。

それがまるで、植物でできた檻《おり》のような様相をしていて。

ウィリアムは二の足を踏《ふ》んだ。

「？　陛下、どうしたんすか」

「いや……」

この中にフェリシアがいるかもしれないと思うと、蔦《つた》の絡《から》みつく様がまるで自分のようだと思ってしまったのだ。

　愛しているからこそ囲うように守ってきたけれど、今の自分がやっていることはまさにこのアイビーと同じではないかと。

　突然《とつぜん》そんなことを思ったのは、いつかにフェリシアがしてくれた、こんな話を思い出したからでもある。

『昔、離宮《りきゅう》の壁《かべ》にアイビーを生やすのもいいなって思ったことがあるんです。断熱効果が期待できるので、夏は涼《すず》しく、冬は暖かく過ごせるんですよ。なんだか快適に過ごせるよう守ってもらってるみたいでしょう？　でも、お手入れが大変で。害虫も寄ってきますし、断念したんです。それにビーちゃんは一度絡みつくと根を張っちゃうので、後戻《あともど》りができないんですよね。そのせいで〝死んでも離《はな》れない〟って花言葉が生まれたらしいんですけど、ウィルは知ってました？』

　知らなかった。いくらウィリアムといえど、全ての花言葉を頭の中に入れているわけではない。

　だからその話を聞いたときは、なんて面白《おもしろ》くて素敵《すてき》な花言葉だろうと思ったものだ。死んでも離れない。それは、まさに自分がフェリシアに乞《こ》うものと同じだったから。

　あのときの自分を、今の自分は殴《なぐ》りたくて仕方ない。

　言い訳をさせてもらえるなら、ウィリアムはアイビーが壁を這う姿を見たことがなかったのだ。だから実際にその様子を目にした今、自分の執着《しゅうちゃく》がこんなにも強かったのかと思い知らされた気分だった。

時間をかけてじわじわと締《し》め上げるようなその這い方は、お世辞にも「守っている」とは言いがたい。

ただ自分の都合で根を張り、自分の思うままに侵食《しんしょく》しているようにしか見えない。

死んでも離れるつもりはないけれど、それでも決して、こんなふうに守る対象を苦しめてでも「守りたい」と思っていたわけじゃない。

こんな、光も差し込む余地のなさそうな、暗くじめっとした場所に彼女を閉じ込めておきたかったわけじゃない。

（ただ、誰《だれ》にもフェリシアを奪《うば》われたくなくて……）

以前に一度だけ彼女を閉じ込めてしまい、反省したはずだった。

なのにまた、彼女の言う前世に不安を抱《かか》え、閉じ込めようとしている。

そんな己《おのれ》の所業を可視化されると、自分がどれだけ酷《ひど》いことをしようとしているのか理解してしまって愕然《がくぜん》とせずにはいられない。

実際のところアイビーにそんなつもりはないとわかっていても、このタイミングで目にしたことが何か意味を持っているような気がした。

（神なんて、一度も信じたことはないが）

これがもし、誰かの言う神の仕業《しわざ》で、天使のように純粋《じゅんすい》で愛らしいフェリシアを、悪魔《あくま》のように狡猾《こうかつ》で執着心の強いウィリアムから奪おうとしているというのなら。

(ふざけるな……先にフェリシアを私に与《あた》えたのはそちらだろうっ。違《ちが》う世界からこの世界に彼女を連れて来たのはそちらだ。なのに今さら私から奪おうとするのか。今さら――)

ぐっと奥歯を噛みしめる。

(今さら、私の執着心を咎《とが》めるのか)

彼女を醜《みにく》い檻の中に閉じ込めようとしていたことは反省する。するから、二度と閉じ込めないと誓《ちか》うから、彼女を奪うのだけはやめてほしい。

彼女を神の御許《みもと》に連れて行くことだけは許さない。

彼女に関すること以外でなら、いくらでも罰《ばつ》を受けるから。

我知らず拳《こぶし》を握《にぎ》りしめたとき。

「おい、何をぼさっとしている。騎士たちが配置についたぞ」

アイゼンに声を掛《か》けられて我に返った。

「……失礼しました。では、行きましょうか」

ジュリアたちの逃《に》げ場を塞《ふさ》ぐために出入り口全てに騎士を配置したあと、ウィリアム、アイゼン、フランチェスカの三人は残りの騎士を引き連れて正面から乗り込んだ。

「おい、フェリシアの犬。どういうことだ、誰もいないぞ」

中は一般的《いっぱん》な教会の構造と同じで、祭壇《さいだん》まで身廊がまっすぐと延び、中央あたりで左右に広がる翼廊《よくろう》がある。身廊は中央が通路となっており、両脇《りょうわき》に信者の座席があるが、数はそんなに多くない。

祭壇の後ろには、ステンドグラスに描《えが》かれた聖女と思《おぼ》しき女性がいた。

しかし生きた人間は見回す限りどこにもいない。

「せめて忠犬って呼んでほしいところですけど〜、まあいいや。左の翼廊の先に隠《かく》し扉があってですね〜……って、陛下!?　一人で先に行っちゃだめですって！」

ゲイルの声を無視して駆《か》け足で進めば、背後でアイゼンの舌打ちが聞こえた。

しかしそんなことに構ってなんかいられないウィリアムは、振《ふ》り返ることなく先を行く。

「おいおい、あれ、まずいんじゃないのか？　シャンゼル王が意外に熱い男だなんて聞いていないし、乗り込んでそのまま相手を殺しそうだぞ。何かあったらちゃんと止めてくれるんだろうな？　グランカルスト王」

「何を言う。後始末こそ女王の仕事だろうが。あれの尻拭《しりぬぐ》いなど、余は絶対にやらん」

隠し扉を抜《ぬ》けた先には、狭《せま》い螺旋《らせん》階段が続いていた。明かりはろうそくの火のみで、足元に気をつける必要がある。

音が反響《はんきょう》しやすいことを確認《かくにん》すると、ウィリアムは忍《しの》び足で階段を下りていく。後ろに続くアイゼンとフランチェスカ、他《ほか》の騎士も無言で階段を下りてきた。

そうして全《すべ》て下りきると、一つの木製の扉が目の前に現れる。

この奥にフェリシアがいるかもしれない。そう思うと、逸《はや》る心のままに扉を蹴破《けやぶ》った。

見通しの良くなった視界に、目を剝《む》いてこちらに注目する男数人と、見覚えのある女が一人映る。

ウィリアムは石壁《いしかべ》の室内をさっと確認すると、フェリシアの存在がここにないことを瞬《しゅん》時《じ》に把《は》握《あく》した。カツカツと靴音《くつおと》を雑に鳴らして、女の目の前で止まる。

彼らは使い古された木製の円形テーブルを囲み、何やら話し込んでいたらしい。ウィリアムが眼前に顔を寄せてもなお、女――ジュリアどころか、男たちもぽかんとウィリアムの行動を見守るだけだった。

「フェリシアはどこにいる」

ジュリアは答えない。いや、答えられないのだろう。ウィリアムの放つ威圧《いあつ》のせいで。

彼女がごくりと喉《のど》を鳴らした。

「フェリシアはどこにいる。三度目はない」

護身用に忍ばせている短剣《たんけん》を、ジュリアの首筋に当てる。自分の窮地《きゅうち》を悟《さと》ったらしいジュリアの身体《からだ》ががたがたと震《ふる》えだした。

「待て待て待て！　それはまずい！　彼女は腐《くさ》っても侯爵《こうしゃく》家の令嬢《れいじょう》だぞ！」

フランチェスカが回り込むように間に入ってきて、ウィリアムは邪魔《じゃま》された苛立《いらだ》ちでフランチェスカのことも睨《にら》んだ。

「本性《ほんしょう》はとんだ悪魔だな、君。グランカルスト王も見てないで止めてくれ！」

けれどアイゼンは、ウィリアムによって一つだけ蝶番《ヒンジ》を壊《こわ》された扉《とびら》に軽く背中を預けたまま、一歩も動く気配はない。

ただ、腕《うで》を組み、余裕《よゆう》を見せつける姿は隙《すき》だらけのように見えて、実際は全く隙がないことが窺《うかが》える。

そんなアイゼンがわざとらしく首を傾《かたむ》けた。

「なぜ？　余が止める義理はない。後始末は女王の仕事だと言ったはずだ」

「後始末はな！　だが今は違うだろっ」

アイゼンとフランチェスカがそうこうしているうちに現状を理解し始めた男たちが、その隙を狙《ねら》って死角からウィリアムに攻撃《こうげき》を仕掛《しか》けてきた。

向こうも同じく手には短剣を握《にぎ》っている。それがウィリアムの眉間《みけん》を捉《とら》えた。

刹那《せつな》、男の短剣がキンと甲高《かんだか》い音を立てて地面を滑《すべ》っていく。

「くそっ」

ウィリアムは指一本だって動かしていない。別の男が反対の死角から同じような攻撃を仕掛けてくるが、またもや手から短剣を弾《はじ》かれる。

「なんで……なんなんだ、いったい……」

　男たちが戦慄《せんりつ》しながら後ずさったとき、ウィリアムの両横に、剣《けん》を構えるライラとワイヤーを弄《もてあそ》ぶゲイルが守るように現れる。

『『なんなんだ』って、やだな～も～。自分たちが誰《だれ》を敵に回したのか、わかってて手を出したんすよね？　だったらどんな鉄槌《てっつい》が下るか想像できたでしょ～？　ほら、早く攫《さら》ったお姫様《ひめさま》の居場所を吐《は》かないと、こわ～い魔王《まおう》様に殺されちゃいますよ、お兄さん？」

「ひっ」

「あ、でもやっぱり殺す前に実験台にしたいなぁ。ねぇ陛下、何人か丈夫《じょうぶ》そうな奴《やつ》、もらっていいっすか？」

　いつものように飄々《ひょうひょう》としているように見せかけて、ゲイルも腹に据《す》えかねていたのだろう。

　ウィリアムは、この間にこっそりと逃げようとしているジュリアの進行を妨《さまた》げるように短剣を投げつけると、冷めた調子で答えた。

「単なる寄せ集めに興味はない。好きなようにしろ」

「ありがとうございまーす」

　ジュリアは、自分の眼前を通り過ぎて椅子《いす》に突《つ》き刺《さ》さった銀の刃《やいば》を凝視《ぎょうし》しながら、浅い呼吸を繰《く》り返している。腰《こし》が抜けたらしく、へたりと床《ゆか》に尻餅《しりもち》をついた。

　さすがのフランチェスカもウィリアムのこの行動には度肝《どぎも》を抜かれたようで、額から冷や汗《あせ》を垂らしている。

ウィリアムは短剣を引き抜くと、もう一度ジュリアの目の前にしゃがみ込んだ。

「フェリシアはどこだ。私が短気なのはこの短時間でわかっただろう？　さっさと答えろ」

ジュリアがぐっと唇《くちびる》を引き結ぶ。先ほどまでは恐怖《きょうふ》一色に染められていた瞳《ひとみ》の中に、だんだんと憎悪《ぞうお》の色が滲《にじ》んできたことをウィリアムは見て取った。

その瞳がちらりと扉に向く。そこでは変わらずアイゼンが門番のように立っており、逃げられないことを悟ったらしい。

「……ってよ。なんで、あんな女のせいで、私が……っ」

最後の悪あがきのように、ジュリアが声を絞《しぼ》り出す。

「あんな、教皇様を死に追いやった、魔女なんかのせいで――」

――ガンッ！

そのとき、何かを思いきり蹴り飛ばしたような凄《すさ》まじい音が轟《とどろ》いた。この場にいる全員が音の出所であるアイゼンを振り返る。

ウィリアムのせいですでに壊れかけていた扉が、最後の蝶番も失ってゆっくりと外側に倒《たお》れていった。

「それは禁句だ。二度と余の前でその言葉を使うな」

アイゼンの鋭《するど》い眼光がジュリアを射貫《いぬ》く。義兄《ぎけい》の怒《おこ》る姿を何度も見てきたウィリアムでさえ、彼の言動には驚《おどろ》いた。

さっきまではあんなに冷静さを装っていたのに。何がここまで彼を怒らせたのかと考えて、すぐに思い当たる。

(そうか、〝魔女〟か。確か昔、フェリシアの母親がそう呼ばれていたらしいとは聞いたことがあったが)

恋《こい》など無縁《むえん》だと思われた、当時のグランカルスト王を射止めた女。

彼《か》の王を〝賢王《けんおう》〟から〝愚王《ぐおう》〟にした女。

そんな彼女を、周囲は『王を堕落《だらく》させた絶世の美貌《びぼう》を持つ魔女』だと侮辱《ぶじょく》したのだ。

一時《いっとき》はフェリシアも〝魔女の子〟と揶揄《やゆ》されていたが、それはほとんど広がらずに収束していたことをだいぶ後になって知った。おそらくだが、フェリシア本人も自分がそう噂《うわさ》されていたことを知らないのではないだろうか。

そしてその陰《かげ》の立役者が誰《だれ》なのか、ウィリアムは今理解した。

「ウィリアム殿《どの》」

「……なんでしょう、義兄上」

「遊んでないでさっさと吐かせろ。余は気長なほうだが、今夜は気が変わった。貴殿《きでん》がやらぬなら余が拷問《ごうもん》でもなんでもやってしまうが?」

どこが気長なほうだ、とウィリアムは吐き捨てるように笑う。おかげで少しだけ冷静さ

めた。を取り戻《もど》した頭は、どうすればジュリアにフェリシアの居場所を白状させられるか考え始

結論から言って、ウィリアムはジュリアたちから証言を取ることには成功した。

が、彼らの話は最悪なものだった。

彼らは、フェリシアを奴隷《どれい》商人に売るつもりだったという。

『あの女が……あんたたちが悪いのよ！　教皇様を死に追いやったあんたたちが！　教皇様はね、こんな離《はな》れた国にもおいでになって、さらには周囲から忘れられたここにもいらっしゃってくださったの。周りからは何も期待されず、器量のいい姉と比べられる私にも、教皇様だけがありのままの私を素敵《すてき》だって仰《おっしゃ》ってくださったわ！　だからあの方のために勉強して、資金も貯《た》めて、教会の総本山で働けるよう必死に頑張《がんば》ったのに。汚《きたな》い手だって使ったのに……っ。やっと念願が叶《かな》うと思った矢先に教皇様が捕《つか》まったって聞いたときの私の絶望がわかる!?　納得《なっとく》いかなくて調べたら、全部シャンゼル王家と聖女のせいだったことがわかったわ。あの方だけが！　私の、生きがいだったのに！』

『そんな理由でフェリシアを奴隷商人に売ろうとしただって？』

『そんな理由？　愛《いと》しい人を失うことがどんなに辛《つら》いことか、あなたにはわからないのよ！　だから思い知らせてやろうと思ったの』

悲しみと恨《うら》みと嫉妬《しっと》でぐちゃぐちゃになったジュリアの顔は、悪魔《あくま》よりも悪魔らしい形相と化していた。

『あなたたち夫婦《ふうふ》の仲睦《なかむつ》まじさはすぐに知れたわ。だからあの方の痛みと私の痛みを、そのまま返してやろうと思ったのよ。そのためにずっと機会を窺っていたわ。あなたたちが新婚《しんこん》旅行でこっちに来てくれると知ったときは、きっと天国にいるだろうあの方に感謝したくらいよ。復讐《ふくしゅう》はあの方の御意思《ごいし》でもあると思った。だから必死に計画を練って、そのために犯罪に抵抗《ていこう》のない人間を共犯者として用意したの。ここにいる男たちは、貴族でもなんでもない、私が個人的に雇《やと》った荒《あら》くれ者よ。こいつらが王と王妃《おうひ》なら王妃《おんな》のほうがいいって言うから、ターゲットを彼女にしたの。ふふ、なぜ女のほうがいいかなんて、言わなくてもわかるわよね？　でもそれだけじゃ生温《なまぬる》いから、商人に売ってやる予定だったの。そしてあなたに、大切な人が穢《けが》されて壊《こわ》れる絶望を味わってもらうつもりだったのよ！』

うっそりと昏《くら》い瞳で嗤《わら》うジュリアを無意識にねじ伏《ふ》せようとして、後ろから伸《の》びてきたアイゼンの手によって止められる。

『では、貴様らは本当にフェリシアの居場所を知らないのだな？』

『さっきも言ったけど、見失ったのよ。このボンクラどものせいでね。こっちのほうが教えてほしいくらいだわ』

でも、とジュリアは続けて。

『どっちにしても早く見つけてあげたほうがいいわよ？　だって、あなたたちを恨んでるのは私だけじゃない。私だけが、復讐の機会を窺《うかが》っていたわけじゃないんだから。いつ第二の私が来るとも知れなくてよ？』

その醜《みにく》い笑《え》みが心底イラついて足で踏《ふ》んづけてやろうとしたが、またもやアイゼンによって制された。

『そうだな。では忠告どおり早く見つけるとしよう。あとは頼《たの》んだぞ、女王』

アイゼンはそう捨て置くと、摑んだウィリアムの腕《うで》を無理やり引っ張って、問答無用で外へ連れ出した。


それから強引《ごういん》に馬車に押し込められ、滞在《たいざい》用のタウンハウスに戻ってきたのが数刻前だ。

戻る道中で何度も苦言を呈《てい》し、何度も教会へ引き返そうとしたが、アイゼンの眼光によって叶わない。

といっても、別に彼の眼光が怖《こわ》かったわけではない。何度目かの苦言後にやっと口を開いた彼のひと言に、悔《くや》しくも納得してしまったからだ。

――あんな女、いつでも始末できる。それより今はフェリシアの行方《ゆくえ》だ。

ウィリアムもそれが不安で仕方ない。

彼らは途中《とちゅう》でフェリシアを見失ったと証言したが、ジュリアの目的が奴隷商人に売ることだったなら、最悪の場合、すでに商人の許《もと》にフェリシアがいる可能性がある。

トルニアは奴隷を禁止している。

対して特に禁止していないのが、この辺だとグランカルストだけだ。

「義兄上、今すぐ帰国して奴隷制度を廃止《はいし》してきてください」

教会に向かう前に作戦会議をしていた応接間で、どろりと濁《にご》った瞳を隠《かく》しもせずアイゼンを詰《なじ》る。

彼は戻ってからずっと、窓のそばの壁《かべ》を背にして立っていた。

「馬鹿《ばか》か。そんな時間がないことくらい、怒りで頭の回らない今の貴殿でもわかるだろう。だいたい、余は奴隷制度廃止に向けてすでに動いてはいる。だが根が深すぎる。長年に渡《わた》って人の指示を受けて生きてきた人間は、『自由』を与《あた》えられても逆に困惑《こんわく》するだけだ。そのせいで先代は廃止すら諦《あきら》めたほどだぞ。制度というのは、始めることよりも終わらせることのほうが難しいと、貴殿も解《わか》っていると思っていたが？」

「ええ、解っていますよ。ですが、何かに当たっていないと……」

「そこで余に当たるな」

「むしろ義兄上以外の誰《だれ》に当たれと？」

そうやって睨《にら》み合っていたとき。

「はいはいはい！　後始末を終えて戻ってきたら、なあんで君たちはさっそく喧嘩《けんか》しているのかな⁉　騎士《きし》も主人の暴走くらい止めなさい！」

我が物顔でフランチェスカが部屋に入ってきた。

「まったく。君たちの不安もわかるけどね、せめて座るくらいの心の余裕《よゆう》は持ったらどうだい？　まさか二人ともずっと立っていたのか？　シャンゼル王にいたってはうろうろしすぎだろう」

フランチェスカの指摘《してき》で足をぴたりと止める。そのとき初めて自分の落ち着きのなさを自覚した。

「そんなに焦《あせ》ったってフェリシア王妃救出の妙案《みょうあん》は浮かばないし、グランカルスト王もいくら窓の外を見ていたって彼女がひょっこりと帰ってくるわけがないんだから。二人とも少しは冷静になったらどうだ。君たちは普段《ふだん》仲が悪いくせに、フェリシア王妃が絡《から》むと途端《とたん》に似た者同士になるな？」

あ、それわかるー。とゲイルが勝手に同意しているが、当事者としては不本意としか言いようがない。

そもそもこの場で大人しくフランチェスカを待っていたのは、続報を待っていたからだ。

本当は自分で聞き出したかったけれど、おそらくアイゼンはウィリアムがいつ彼らを殺してもおかしくないと判断したのだろう。そのせいで退場させられてから、ずっとやきもきしていたこっちの身にもなってほしい。

「それで、新たな証言は取れましたか。取れなかったなんて言いませんよね」

「待て待て。圧がすごい」

「いいから早く」

フランチェスカを急《せ》かすと、彼女はなんとかフェリシアを見失ったという場所を聞き出すことに成功したと言った。

「結構具体的に話していたから、たぶん嘘《うそ》ではないだろう。それに、急所を押さえられた状態で嘘を言える男もいないだろうし？」

彼女がウインクする。意外とえぐい一面を見せたフランチェスカにアイゼンとゲイルはドン引きしていたが、ウィリアムは「素晴《すば》らしい」と拍手《はくしゅ》を送りたくなった。

「――なるほど。今の話から推測するに、やはり当初の予定はグランカルストに向かっていたことになりますね」

「そのまま我が国側《こちら》の国境を越《こ》えられることは痛手にはならんな。むしろ余の力が及《およ》ぶ範《はん》囲《い》にわざわざ来てくれるというなら大歓迎《だいかんげい》だ。だが、フェリシアが商人に捕まっていると仮定した場合、早々に売られてしまったときが厄介《やっかい》ではある。奴隷契約《どれいけいやく》は正式な手続きを踏まんと王でも解除できん」

「なら打てる手から打っていきましょう。義兄上《あにうえ》はすぐに――」

「国境の警備隊に連絡《れんらく》して、愚妹《ぐまい》を見つけたら確保しろと指示しておく」

「確保ではなく保護です。そして女王は検問を敷《し》くよう部下に命令してください。止める対象の条件は紙に書き出します。あと、迂回《うかい》ルートを使われることも考慮《こうりょ》して、念のためグランカルスト以外の国境を警備する者たちにも同じことを指示してください」

「ああ、それは構わないが。君はどうするんだ。まさかとは思うが……」

「もちろん私はフェリシアを見失った場所に向かいます——と、言いたいところですが、少し待ってください」

ウィリアムは前髪《まえがみ》をくしゃりと掻《か》き上げると、脳内であらゆる可能性を踏まえた作戦のシミュレーションを行う。

(落ち着いて考えろ。どれが一番フェリシアを無傷で救出できる？　間違《まちが》えるなよ。一つの判断ミスがフェリシアにどんな影響《えいきょう》を与えるかわからないんだ)

先ほどまでの冷静さを失っていたウィリアムなら、間違いなくすでにここを飛び出していたことだろう。

けれど、義兄《アイゼン》の存在がその衝動《しょうどう》を踏み止《とど》まらせる。自分だって最愛の妹を攫《さら》われて腸《はらわた》が煮《に》えくり返っているくせに、その黄緑の瞳《ひとみ》は時折ウィリアムを試《ため》すように見つめてくる。

彼女と結婚《けっこん》できたことは、ゴールじゃない。

結婚できても、この男はフェリシアが幸せにならないと判断したら、すぐに離縁《りえん》させようとするだろう。そんな気配をひしひしと感じるから油断ならないのだ。

だから、この男の前でそう何度も無様な姿は晒《さら》せない。

（おかげでいつもの調子を取り戻《もど》せたというのは、少しだけ癪《しゃく》だが）

上げていた前髪を下ろして、ふっと吐息《といき》で笑った。

「件《くだん》の場所には、私の部下《ゲイル》を行かせます」

物事には、適材適所というものがある。人の上に立つ者として、その目だけはしっかりと身につけてきた自負がある。

今自分が動くことは足手まといに他《ほか》ならない。

「ゲイルは部下の中で一番足が速く、一番夜目が利《き》く。だからゲイル、おまえは必ず手がかりを見つけてこい」

「了解《りょうかい》っす！　任せてください。俺、できる子なんで。陛下の期待を裏切ったりしませんよ。じゃ、さっそく行ってきまーす」

そう言ってまた窓から飛び降りていくゲイルを、ウィリアムは爪《つめ》が食い込むほど強く拳《こぶし》を握《にぎ》って見送った。

そしてこの日の夜、現場から手がかりを持ち帰ったゲイルによって、フェリシアが旅芸人一座に売られた、もしくは連れ去られた可能性が高いことが判明した。

第四章 ❖ あなたの許に帰りたい

旅芸人一座には、二種類ある。

純粋《じゅんすい》に芸を売りとし、世界各地を興行する健全な集団と。

芸を売りながら〝春〟も売る、前者より風紀の乱れた集団。

タプロン・カーニバルでは、芸を披露《ひろう》する者なら誰《だれ》でも歓迎《かんげい》される。特に参加資格はなく、よって密入国のための隠《かく》れ蓑《みの》としては最適な時期と言えるだろう。

ウィリアムたちは、まずトルニアから出国した一座を全《すべ》て洗い出した。

ゲイルが現場近くで見つけたのは、途中《とちゅう》で引き返したように途切《とぎ》れた轍《わだち》と、何かを引きずったような跡《あと》。

それを辿《たど》った先の森の中には、植物が不自然に折れ曲がっているところがあり、つい最近、人が通ったような痕跡《こんせき》があったらしい。

そうして最終的に見つけたのが、一座がよく使う天幕を張った痕跡と、たき火の痕跡だ。

そこから予想できる出国ルートを絞《しぼ》り込み、可能性のある国境を調査し、また厳しい検問を実施《じっし》したが、ついぞ網《あみ》に引っかかる一座はいなかった。

「まさか、カーニバルに参加している中にいるのか？」

そんなまさか、と誰もが口を揃《そろ》えた。

なぜなら、追っ手が来ることくらい予想できるだろうし、人を攫っている状況《じょうきょう》で長く同じ場所に留《とど》まるのは得策ではないと、少し考えればわかることだからだ。

しかし、それが敵の狙《ねら》いなのではないかという意見と、カーニバルの途中で出国しては怪《あや》しまれると考えたのではないかという意見から、ウィリアムたちはカーニバルに参加している一座も調べることにした。

問題は、一座の人間が意外と排他的《はいた》だったことだ。

「あれはどう考えてもウィリアム殿《どの》が悪いのでは？　あの気迫《きはく》で問い詰《つ》められれば誰だって貝にもなりたくなる」

アイゼンが白けた目で言う。対面に座っているおかげでその腹立たしい顔がよく見えた。

「お言葉ですが、義兄上も人のことは言えませんよ。その顰《しか》めっ面《つら》のせいで逃《に》げられてましたよね？」

人海戦術とばかりに手の空いている者全員で聞き込みを行ったが、余所者《よそもの》のウィリアムたちに内部の情報を打ち明けてくれる一座は驚《おどろ》くほど少なかった。

「言っておくが、私からすればどっちもどっちだぞ。だから助言してやったろう？　この時期の一座はみんな神経を尖《とが》らせているから、下手《したて》に出ないと取り合ってもらえないよと。

特に男は慎重《しんちょう》になれとも言ったはずだ。大事な踊《おど》り子を食われるなんて、稼《かせ》ぎ時の一座としてはたまったものじゃないからな」

「それは自意識過剰《かじょう》です。私はフェリシア以外に興味なんてない」

「だったら女王が行けばいい」

「行っても構わないが、私は面が割れている。王が祭りの最中に現れれば混乱は必至だが、そのせいで見つけにくくなってもいいのか？」

アイゼンが舌打ちした。

「おい。今私のこと、使えん女だなとか思っただろ」

「心外だ。トルニアの女王は妄想癖《もうそうへき》でもあるのか」

「逆に君はどんなときも憎《にく》たらしい口しか利けないな。君とフェリシア王妃《おうひ》が兄妹《きょうだい》だなんて何かの間違いじゃないのか？」

「それは私も同感です」

手詰《てづ》まり感が否《いな》めない三人は、お互《たが》いを捌《は》け口にして行き場のない焦《あせ》りをぶつけ合う。

国境の警備隊からはまだなんの吉報《きっぽう》もない。

アイゼンが足を組み替《か》えた。

「女か……。使えるとすれば、ウィリアム殿の騎士《きし》とフェリシアの侍女《じじょ》だが」

「トルニア《うち》にも女性騎士は何人かいるが、あまり事を大きくできない。今の私は女王というより、フェリシア王妃の友人として動いている。国境の警備も、友人の中に辺境伯夫人がいるから口利きできたが、さらに騎士を動かそうとすれば議会の承認《しょうにん》が必要になる」

「それは同じ立場の人間として理解できます。できる範囲で構いません。ですが、圧倒的《あっとう》に数が足りないのも否めない」

「余が連れてきた中に女の騎士はおらぬしな。いっそ奴《やつ》らの性別でも変えて――」

と、そこでアイゼンが急に黙《だま》り込んだ。

なぜかウィリアムをじっと見つめてきたと思ったら、わずかに眉根《まゆね》を寄せて、最後には悪巧《わるだく》みを思いついた小悪党のようにニヤリと口角を上げる。

絶対にくだらないことでも閃《ひらめ》いたのだろうと警戒《けいかい》したら、本当にくだらないことを名案のように告げてきた。

「こういうのはどうだ。――女になれ、ウィリアム殿」

これにはいつもの嫌《いや》みを返すこともできず、ぽかんと口を開けたまま放心してしまったウィリアムである。

「ふむ、自分で言っておいてなんだが、妙案《みょうあん》だな。そうと決まればフェリシアの侍女を呼べ。余の騎士の中にも何人か違和感《いわかん》のなさそうな奴がいたはずだ。連れて来い」

命令を受けたグランカルストの騎士が、戸惑《とまど》いながらも部屋を出て行く。

フランチェスカも開いた口が塞《ふさ》がっていないが、それよりも困惑《こんわく》を隠せないのはウィリアムだ。こんなに本気で戸惑いを隠せなかったのは、フェリシアを怒《おこ》らせてどうやって機《き》嫌《げん》をとろうかと頭を悩《なや》ませたとき以外にない。

「義兄上《あにうえ》？　ちょっと待ってください。今なんて言いました？」

「貴殿《きでん》なら女装しても騙《だま》せる。案ずるな、己《おのれ》の容貌《ようぼう》に自信を持て」

「意味がわかりません。全く嬉《うれ》しくありませんし、なぜ私がそんなことを……」

「フェリシアを捜《さが》し出すためだ」

それを言われると辛《つら》い。

ただ、どう考えてもアイゼンは面白《おもしろ》がっているようにしか見えない。

しかし事を大きくできない以上、動かせる人間に限界があるのもまた事実で。

男が警戒されてしまうことを身をもって理解した今は、他に思いつく手立てもない。

早くフェリシアを見つけて、もう大丈夫《だいじょうぶ》だと抱《だ》きしめて安心させるためにも、手段は選んでいられない。

彼女だけが大切なのだ。彼女を取り戻《もど》せるなら、自分の恥《はじ》の一つや二つくらい我慢《がまん》できるというものである。

――ただし。

「わかりました。では、義兄上もお願いしますね。大丈夫。自分の顔に自信を持ってください。きっと似合いますよ」

あなたも道連れだと、立ち上がったあと満面の笑みで見下ろしてやった。

「はぅっ。あぁぁぁ〜〜〜!! なんってお美しいのでしょう！ もう一人の女神《めがみ》が降臨なさった！ フェリシア様が光の女神なら陛下は闇《やみ》の女神！ 夜空を溶《と》かし込んだ艶《つや》のある長い黒髪《くろかみ》に白い肌《はだ》が映《は》えて薔薇色《ばらいろ》の唇《くちびる》が妖艶《ようえん》すぎて見てるこっちが照れちゃいます！ 生きてて良かった！ 美女万歳《ばんざい》！ ナチュラルメイクにしたのが逆に色っぽく見えて、流し目なんてされた日にはもう魂《たましい》が昇天《しょうてん》しちゃいそう……」

「期待されているところ悪いけど、しないからね、流し目なんて。それより君も聞き込み要員だろう？ そんなところで崩《くず》れてないで行くよ」

「はひっ。了解《りょうかい》です！」

「ライラは……——何してる？ その顔、どういう感情だい？」

もう一人の聞き込み要員であるライラを振《ふ》り返れば、珍《めずら》しく唇を固く引き結んで眉根をぎゅうぅぅと寄せていた。

「あ〜。これはですね、陛下の女装があまりにも美しくて美しくて……笑いの限界が突破《とっぱ》しそうな顔っすね」

「へぇ……。でもおまえは意外と冷静だね、ゲイル」

「似合いすぎて逆にドン引きしてますからね」

「私も自分に引いているよ。こんな格好、フェリシアにだけは絶対に見られたくない。目《もく》撃《げき》情報を得られた時点ですぐに男に戻るから」

「はいはーい。そのために陛下の着替《きが》えを持って近くで待機してまーす」

「絶対どこにも行くなよ」

「陛下が必死すぎて笑う」

　そして本当に腹を抱《かか》えて笑っているのが、このふざけた提案をした張本人を含《ふく》む他国の王たちだ。

「ふ、ふふっ。これはすごいな。私が男だったら求婚《きゅうこん》したいくらい似合っているぞ、シャンゼル王」

「丁重《ていちょう》にお断りします。私にはフェリシアがいるので」

「いや、そうだな。うるさい大臣どもを黙らせるためなら、余が迎《むか》え入れても構わんぞ。くくっ」

「そちらはきっぱりと拒絶《きょぜつ》します。義兄上だけは遠慮《えんりょ》願いたいです。それより……」

　ウィリアムは同じく強制的に女装させられたかわいそうなグランカルストの騎士たちに視線を移した。

「各自の捜索範囲《そうさくはんい》は先ほど伝えたとおりに。フェリシアを見つけてくれたら君たちには特別に礼をしよう。期待しているよ」

「「は、はい！　頑張《がんば》ります！」」

彼らは若干涙目《じゃっかんなみだめ》だったが、あえて気づかないふりをした。

今日はカーニバルの最終日ということもあって、盛り上がる街の中は歩くのもやっとなほどの人で溢《あふ》れ返っている。

というのも、道の真ん中はコンテストのために踊《おど》り子たちが踊りながら行進するスペースとなっており、両側しか通行できなくなっているからだ。コンテストは、一般《いっぱん》投票もあるらしく、そのために押し寄せた人でごった返していた。

『すまないな。すっかり忘れていたが、私はコンテストに出席しないと騒《さわ》ぎになる。特に最後は表彰式《ひょうしょうしき》もあるから。いったん離脱《りだつ》するが、何かあったらすぐに連絡《れんらく》をくれ』

そう言って、一頻《ひとしき》り笑って満足したらしいフランチェスカはタウンハウスを後にした。

よって司令塔《しれいとう》には別の人間が必要となり、必然的にアイゼンかウィリアムに白羽の矢が立つ。

ここですぐさまその役を買って出たのが、アイゼンだ。

ウィリアムとしても、タウンハウスでどんと構えて指示だけ出す役はやきもきしそうだったので、特に異論はない。

またお隣《となり》の国ということもあって、アイゼンのほうがトルニアの地理などには詳《くわ》しいだろうから、今回においては自分よりも適任だろうとも思った。

ただ、そんな建前をつらつらと述べるアイゼンの顔には、「誰《だれ》が愚妹《ぐまい》のために女装などするか」と書かれていたような気がして、なんとなく納得《なっとく》がいかない。

とりあえず救いなのは、ワンピースの下にズボンを穿《は》かせてもらえたということだろう。

「カーニバル本番まで時間がない。これが終わると国境は騒がしくなるはずだから、できればその前に見つけ出したい。いいかい、二人とも。有用な情報を入手したら、ペアになった連絡係の騎士《きし》に伝えるんだ。じゃあ頼《たの》んだよ」

「御意《ぎょい》」

「了解しました！」

グランカルストの騎士とはタウンハウスを出るときに分かれたが、ライラとジェシカとはここまで共に来ていた。

ここからは要領良く捜索《そうさく》するため、一人で行動することになっている。代わりに、それぞれの少し離《はな》れた位置に護衛兼連絡《けんれんらく》用の騎士を付けている。

ウィリアムは、前回散々門前払《もんぜんばら》いを食《く》らった一座に臆《おく》することなく直撃《ちょくげき》していった。

声だけが不安だったが、ハスキーな声ということでなんとか押し通す。

「金髪《きんぱつ》緑眼のかわいい姉ちゃん？　貴族の？　いや〜、知らねえなぁ。というか、その特《とく》徴《ちょう》じゃ一人に絞《しぼ》るのは難しいね」

癪《しゃく》だがもっともな意見なので、用意していた簡単な姿絵を仕方なく見せる。

「おっ。本当にかわいいじゃん。いいねぇ、この子もあんたも舞台《ぶたい》で映えそう。どう？　この子見つけたらさ、俺たちの一座に入らない？　二人ともかわいがってあげるよ？」

相手の鼻の下が完全に伸《の》びていたので、ウィリアムはにっこりと笑ってから男の急所を蹴《け》り上げてやった。

次、とすぐに別の一座のところへ走る。

（フェリシアがああいう連中のところにいたらと思うと、ぞっとする）

もし彼女が健全でないほうの一座に捕《つか》まっていたら、彼女の身が二重の意味で危ない。なぜならそういう輩《やから》は、暴力を振るうことにも躊躇《ためら》いがない者が多いからだ。

（それに、たとえ純粋《じゅんすい》に芸を売る一座だったとしても……）

なぜか胸騒《むなさわ》ぎがする。不安がゆっくりと身の内を侵食《しんしょく》してくるこの感じ。何がそうさせているのかは自分でもよくわからないけれど、確かに嫌《いや》な予感がしている。

「なあ、聞いたか？　あっちで踊ってる踊り子の中に、とびきりの美人がいるんだって。まるで妖精《ようせい》みたいだって、見た奴《やつ》みんな呆《ほう》けてるらしいぞ。俺たちも見に行こうぜ」

「えー、それ誇張《こちょう》じゃねえの？　前もそんなこと言って、結局そうでもなかった――」

「それはどこだ!?」

「「えっ」」

すれ違《ちが》いざまに聞こえた男二人の会話に、女性用の声を作ることも忘れて彼らの肩《かた》を力任せに摑《つか》んだ。

「うわ、美人」

「いやでも、え？　声が……」

「早く答えろっ。その踊り子、金髪緑眼かい？」

「え、あ、確か」

「どこにいる！」

「えっと、あっちに」

混乱のまま男が答えた瞬間《しゅんかん》、ウィリアムは男の指が差す方へ全力疾走《しっそう》した。人の波を搔《か》き分けなければ進めないのがもどかしい。

しかし頭の中はフェリシアのことでいっぱいだった。

金髪緑眼なんて大勢いる。なのにどういうわけか、あの話を聞いたときに「フェリシアだ」と直感した。

間違えているかもしれない。フェリシアが踊り子なんて、そんなはずがない。

彼女が社交ダンス以外を踊れるなんて聞いたことがないし、彼女が踊っている意味もわからない。

売られた先で強要されている？　だが、このカーニバルは一座にとって大事なイベントだと聞いた。そんなところに素人《しろうと》を出すとも思えない。

冷静な部分はそう否定するのに、足は勝手に動いている。

息が乱れるのも、ワンピースの裾《すそ》が大きく跳《は》ね上がるのも気にせずに、大股《おおまた》で走り続けた。

だんだん人の密集度が高くなってきて、彼らが皆《みな》同じ目的で集まっていることに気づく。

遠くでは、たくさんの口笛が夜空に向かって響《ひび》いている。

けれどその空間だけ、なぜか異様なほどに静かだった。

ほとんどの人間がステージを模したような四角いシンプルな山車《だし》を見上げながら、口を開けて呆けている。

山車はゆっくりと、亀《かめ》よりも遅《おそ》いくらいの速度でウィリアムの方へやって来る。揃《そろ》いの衣装を着た男たちが山車を囲みながら楽器を鳴らしていた。

その音楽に合わせて、山車の上にいる踊り子たちが踊っている。四人いるだろうか。ウィリアムの瞳《ひとみ》は、そのうちの一人に釘付《くぎづ》けになる。

（まさか……）

曲に合わせて靡《なび》く、太陽のように輝《かがや》く金の髪《かみ》。

誰かを切望するような切なさと恋《こい》しさを秘《ひ》めた緑の瞳は、集まった人々を否応《いやおう》なく魅了《みりょう》する。

金髪緑眼は大勢いるだろう。

けれど、この輝かしくも優《やさ》しい色を持っているのは、この世でただ一人——。

「……フェリシア」

周囲と同じように、ウィリアムも呆然《ぼうぜん》と見惚《みと》れた。

やっと見つけた彼女に自分の存在を知らせなければならないのに、それも忘れて魅入ってしまう。

この人混《ひとご》みだ。自らアピールしないと彼女はきっと気づかない。

——しかし。

こちらに気づくはずがないと思っていた緑の瞳が、何かに導かれたようにゆっくりと動き、やがてウィリアムを捉《とら》えた。

目が合ったその瞬間、ウィリアムの中から、彼女以外の世界が全《すべ》て消えた。


タプロンに到着《とうちゃく》したあとのフェリシアは、まず滞在《たいざい》先のタウンハウスに戻《もど》ることを考えた。

ただそのとき、残念すぎることが判明したのである。

「私、場所を覚えてません……」

「え⁉　なんで⁉」

リラの反応は至極《しごく》当然のものだ。自分でも情けないことこの上ない。

「これは言い訳なんですけど、その場所までは馬車でしたし、ウィル……えっと、夫がいたので、全て夫に任せていたというか」

白状するなら、ウィルに頼《たよ》り切って自分は「トルニアの道端《みちばた》にはどんな植物があるのかしら」とか呑気《のんき》なことを考えて馬車の窓から見える植物の観察をしたり、ウィリアムとの会話に夢中になったりしていた。

このとき隣《となり》にいたのが彼でなければ、フェリシアだってこんな失敗はしなかった。隣にいたのが彼だったからこそ、安心し、同時に油断したのだ。

(やっぱり私、ウィルに結構甘えてると思うのよ。こういうのも素直《すなお》に伝えたら、ウィルも不安にならなくて済むかしら)

とりあえず、今考えるべきは別のことだ。

「まあ覚えてないなら仕方ないね。大丈夫《だいじょうぶ》、カーニバルが終わったら必ず無事に送り届けるから！　でも、カーニバルの間はごめんね」

「謝らないでください。すでに皆さんにはすごく良くしてもらってますし、ここまで無事に戻ってこられたのも、皆さんのおかげなんですから」

子どもたちはフェリシアがまだ一緒《いっしょ》にいると知って喜んでくれる。その笑顔《えがお》を見ていると、フェリシアも心が温かくなった。

きっとウィリアムには心配させているが、これぱかりはどうしようもない。

焦《あせ》る心を無理やり納得《なっとく》させて、フェリシアは指輪を抱《だ》くように胸元《むなもと》で握《にぎ》りしめた。

「もう少しだけお世話になります。ですので、私にできることはなんでもやらせてください。張り切ってお手伝いしますから！」


——なあんて豪語《ごうご》したのが、ついさっきのことだ。

今のフェリシアは、そのときの自分に往復ビンタを食《く》らわせたい気分だった。

「お願いフェリシア！　フェリシアならきっと舞台映《ぶたいば》えするから！」

「そういう問題じゃありませんっ。リラさん、考え直してください。私は素人ですよ？　皆さんの大事なコンテストに出るなんて無理です。絶対足手まといですっ」

「そこは大丈夫だから、お願い！　このとーり！　他に動ける女の子がいないの」

恩人の一人に頭まで下げられて、フェリシアはたじろいだ。

リラの話はこうだ。風邪《かぜ》でダウンしていた踊《おど》り子の一人が、フェリシアの看病の甲斐《かい》あって回復したが、彼女は風邪による遅《おく》れを取り戻そうと一人で練習していたらしい。そのときに足を挫《くじ》いてしまい、とても踊れる状態ではないのだとか。

「あの子もかなりショックだったみたいで、ずっと自分を責めて塞《ふさ》ぎ込んでるのよ。だからあの子に優勝を持って帰って、また一緒に頑張《がんば》ろうって言ってあげたいの」

「うっ」

それは素晴《すば》らしい友情だ。そんなことを言われると、情に弱い自覚があるフェリシアはころりと頷《うなず》いてしまいそうになる。

「でも私、社交ダンスしか踊れませんけど」

暗にもう一度断りを入れてみたが、どうやらリラには効かなかったようだ。

「大丈夫！　王族も審査《しんさ》するってことで、社交ダンスを取り入れた振《ふ》り付けだし、あんなに薬草の知識があるフェリシアだもん、記憶《きおく》力はいいはず！　それに、たとえ間違えてもいいの。それは当然なんだから。そのときは一緒に踊る私たちがカバーするし、なんならフェリシアの美貌《びぼう》に夢中になって気づかないかもだし、とにかく、堂々と踊っていれば案外客は気づかないもんよ」

お茶目《ちゃめ》なウインクをもらって、ついに全ての逃《に》げ道を塞がれてしまったことに気づく。

「だからお願い！　一生に一度のお願いだから！」

ここまで懇願《こんがん》されてしまえば、他称《たしょう》お人好《ひとよ》しのフェリシアが断れるはずもなかった。

そのあとは、怒涛《どとう》の勢いで振り付けを覚えさせられ、座長の鬼《おに》の指導が入った。

これ絶対素人にやらせることじゃない！　と内心はへとへとだったが、一座のみんながコンテストに本気だということはフェリシアもよく知っていた。

足を挫いてしまった子が、看病していたときに「早く治してみんなと踊るんだ」と健気《けなげ》に語っていたのを聞いてもいる。

練習できる時間はほとんどなかったが、誰《だれ》かの本気を自分が壊《こわ》したくなくて必死に食らいついた。ただ、たまにみんなの練習を見学していたことがこんな形で役に立ったのだけが、ちょっとだけ複雑ではあったが。

(でも、よくよく考えれば、コンテストで舞台に立つということは、少なからず目立つはず。そうしたらウィルが気づいてくれるかもしれないわ)

ふとそう思い立った。目立てば目立つほど、もしかしたら彼の耳に自分の居場所が届くかもしれない。

きっと彼はフェリシアを捜《さが》してくれている。だから、私はここにいると彼に伝えられる、一番安全な方法なのではないかと思いついた。

(さすがのジュリアさんも、大勢の目がある場所で私を襲《おそ》ってくることはないだろうし)

だから、たとえ敵側に自分の居場所がバレたとしても、すぐにどうこうできるとは思えない。

その間に群衆の中からウィリアムを見つけるか、たとえ見つけられなかったとしても、コンテストが終わった後はタウンハウスに戻るまで一座のみんなと一緒にいるのだ。向こうが手を出せる状況《じょうきょう》は少なく、自分が細心の注意を払《はら》ってさえいればそれも回避《かいひ》できそうだと考えた。

というわけで、今に至る。

「わあ〜！　フェリシア、すっごく似合う！　きれい！」

「ほ、本当ですか？　大丈夫ですか、これ？　私、浮《う》いてません？」

空が藍色《あいいろ》に染まりつつある本番直前、フェリシアは踊り子用の衣装に袖《そで》を通すと、さっそく一座のみんなの前で見世物《みせもの》となっていた。

やはり衣装は露出《ろしゅつ》が多く、正直に言うと落ち着かない。ウィリアムとの約束を意図せず破ってしまったことも後ろめたくある。

髪《かみ》には桜に似た花飾《はなかざ》りがちりばめられ、衣装も桜色より少し濃《こ》い色でまとめられている。トップスは丈《たけ》が短く、お臍《へそ》が露《あら》わになるツーピーススタイルだ。

胸元には真紅《しんく》のガラスでできたネックレスが存在を主張しており、腕《うで》には金のアームレットや腕輪《うでわ》が輝《かがや》く。

普段《ふだん》これほど派手な装いをしないフェリシアにとって、本当に心許《こころもと》ない格好だった。

それに、腰《こし》から下はスカートではなく、足首で裾《すそ》を絞《しぼ》るタイプのボトムだと最初は聞いていたのに、件《くだん》のボトムは、素肌《すはだ》が見えるほど透《す》けた素材でできていた。

「リラさん、私、本当に大丈夫ですか？」

「大丈夫だって。ほら、マルスも見惚れてないで何か言ってあげて」

「ここで俺に振るなよっ。……でも、うん、似合ってるし、き、きれいだと思うよ！」

耳まで真っ赤にさせてマルスが感想を伝えてくれたので、フェリシアは真剣《しんけん》に悩《なや》んだ。

これはどっちだろうと。

本当に似合っているパターンか、もしくは似合っていないけれど場の空気を読んでやけくそに褒《ほ》めたパターンか。

（マルスさんって、空気読むの得意そうなのよね）

なんだか申し訳ないことを言わせてしまったなと、フェリシアは悟《さと》りの境地で頷いた。

「ありがとうございます、マルスさん。マルスさんは本当に優《やさ》しいですね」

「なんかすごいしみじみと言われてるけど、もしかして誤解されてる？」

「大丈夫です。わかってます。マルスさんは気遣《きづか》いやですからね」

「やっぱり誤解してるよね!?」

そのとき、リラが訳知り顔で何度も首を縦に振った。

「なるほどね。フェリシアのこと少しわかってきたかも。フェリシアって鈍感《どんかん》っていうか、天然なのかもね。ちなみにフェリシア、自分の容姿のこと、これまで誰かに褒められたことはある？　もしくは、なんて言われてきた？」

「？　お世辞抜《ぬ》きで褒めてくれるのは夫と侍女《じじょ》の二人くらいでしょうか。身内にはあまりいいように言われませんでしたし、他《ほか》の方はお世辞だとわかるので、正直そこまで自信はないです」

真面目《まじめ》に答えると、リラとマルスが空を仰《あお》いだ。

「どうしたんですか、お二人とも？」

「やっぱりそういうことかぁ。刷り込みって結構怖《こわ》いんだね。でも大丈夫！　自信持って。フェリシアはきれいだから。私が保証する！」

「あ、ありがとうございます……？」

「全然響《ひび》いてない！　ほらマルスも言って！　みんなも！」

そこから座長が「なに遊んでんだい！」と怒鳴《どな》りに来るまで、子どもたちを巻き込んだ謎《なぞ》のフェリシア褒め殺し大会が開催《かいさい》され、フェリシアはコンテストに出場する前から精神的に疲労困憊《ひろうこんぱい》となった。

そして、ついに本番のときがやってくる。

フェリシアは無意識に手のひらに『人』という字を書いて飲み込んだ。以前も同じように緊張《きんちょう》を紛《まぎ》らわそうとしたことがあったが、そのときはウィリアムがフェリシアの手を取って「大丈夫《だいじょうぶ》、私が隣《となり》にいるから」と安心させてくれたことを思い出す。

でも、その彼は今、隣にいない。

（とにかく一か八《ばち》か、ウィルやみんなに私の居場所を伝えるために頑張らなきゃ。あと、恩返しとして踊《おど》り切るのも大事よ！）

二つの使命を背負い、フェリシアは山車《ステージ》へと上がる。

カーニバル最終夜のコンテストは、決まったルートを決まった順番でそれぞれの一座が練り歩きながら芸を披露《ひろう》する。

出番に備えて上がったステージからは、道路を縁取《ふちど》るように照らす淡《あわ》い光の玉によって幻想的《げんそう》な雰囲気《ふんいき》に包まれた街が眺《なが》められた。

（大丈夫）

まだ始まっていないのに、多くの人がこちらに注目している。

一夜漬《いちやづ》けならぬ一昼漬《いっちゅうづ》けで仕込まれた踊りがどこまで通用するか、正直不安だ。

それでも、今は、自分のできることをやると決めたから。

（大丈夫）

そっと瞼《まぶた》を伏《ふ》せる。賑《にぎ》やかな歓声《かんせい》が耳に聞こえてくる。

（大丈夫。きっと見つける。きっと見つけてくれる。だから——）

ダダン！　一座の男衆が活気良く楽器を叩《たた》いた。

ヒュー！　と四方から口笛が上がる。

「待ってましたぁ！　昨年の準優勝チーム！」

フェリシアは伏せていた目を、ゆっくりと持ち上げた。

最初は軽《かろ》やかなステップのダンスから始まり、観客とともに盛り上がる。豊穣《ほうじょう》を願って生まれたこの踊りは、まさにカーニバルに相応《ふさわ》しい。

演目は全部で三つ。なんとか二つを踊り終え、最後の曲を迎《むか》える。

満月の今宵《こよい》に相応しい、月と太陽の恋《こい》をテーマにした舞《まい》だった。

あんなに騒《ざわ》めいていた場が、だんだんと静かになっていく。それは白けた沈黙《ちんもく》ではなく、たとえるなら美術館で感動的な作品と出会ったときのように、余韻《よいん》に浸《ひた》るような静寂《せいじゃく》だった。

——太陽と月は、決して結ばれない。太陽に恋してしまった月は、それでも自分を見てもらいたくて淡く輝き始めた。

(ウィル、私はここよ。ここにいるわ)

そんな月と同じように、フェリシアも見つけてもらえるよう強く念じながら舞《ま》う。

彼ならちゃんと見つけてくれると、根拠《こんきょ》のない自信がある。逆に自分なら彼を見つけられると、そんな予感もある。

するとそのとき、ふと何かに呼ばれたような気がして、フェリシアは踊りながらそちらに瞳を向けた。

一か所だけ仄《ほの》かに輝く場所がある。そこにだけ月の光が降り注いでいる。

いや、実際に降り注いでいるわけではないけれど、フェリシアの目にはそう見えた。

「ウィル……？」

直感が口をついて出る。動揺《どうよう》で振《ふ》り付けを間違《まちが》えた。しかしすぐにそれをカバーするようにリラたちが動く。

心臓がどくどくと焦《あせ》り出す。ウィリアムだと思った。

けれどあの瞬間《しゅんかん》に確かに目が合い、ウィリアムだと思った人は、長い髪を持ち、ワンピースを着ていた。どう見ても女性だった。

（どういうこと？　でもあの紫《むらさき》の瞳は、絶対にウィルだわ）

彼のものより澄《す》んだ紫の瞳に、フェリシアはこれまでお目にかかったことがない。

だから確かめたい。あの女性が、本当にウィリアムなのか。

もう一度視線で捜《さが》せば、その人は必死に人を掻《か》き分けてステージに向かってきていた。

（やっぱりウィルだわ！）

早く。早く。心が逸《はや》る。早く曲が終われと願い続けていたとき、やっと最後の曲が終わった。

観客から一斉《いっせい》に拍手喝采《はくしゅかっさい》が沸《わ》き起こる。

たくさんの讃辞《さんじ》と一座を称《たた》える口笛が鳴り止《や》まないなか、フェリシアは一人だけを視界に映していた。

「フェリシア！」

「ウィル！」

ああ、やっぱりウィリアムだ。彼だ。たとえどんな姿をしていたって、彼が彼であるなら間違えるはずがない。

ずっと会いたくて堪《たま》らなかった人が、すぐそこにいる。

本当は今すぐにでも会いに行きたいのに、あまりの人混《ひとご》みで少しでも目を離《はな》せば彼を見失ってしまいそうで、ステージから下りるに下りられない。

すると、フェリシアの葛藤《かっとう》に気づいてくれたように彼が手を伸《の》ばしてくる。今すぐそれに向かって飛び降りたい。

でもステージと歩行者の間にはロープが張られており、飛び込むには距離《きょり》がありすぎる。

そのとき、ステージの下にいたマルスが勢いよくウィリアムの手をロープの内側に引っ張り上げた。予想外のことに目を瞠《みは》るウィリアム目がけて、フェリシアはステージから飛び降りる。

彼が危なげなく受け止めてくれて、互《たが》いの背中にしっかりと腕《うで》を回し合う。

「フェリシア、良かった、やっと見つけた……っ」

「ええ、ええ。やっと会えたわ！」

たった数日離れただけなのに、久しぶりにウィリアムの香《かお》りに包まれたような気がして不覚にも目尻《めじり》に涙《なみだ》が滲《にじ》む。

彼の腕の中は、この世で一番安心する、一番温かい場所だ。

「ヒューヒュー！　なんだよ、お熱いねぇお二人さん！」

「月と太陽にも負けない禁断の恋かい⁉　おじさん応援《おうえん》しちゃうよー！」

揶揄《からか》う周囲の声に二人して我に返る。

そうだ。カーニバルはまだ終わっていない。

「フェリシア、今日はありがと！　演目は終わったし、人が押し寄せる前に待機場所に戻《もど》るよ。そちらのお連れさんも一緒《いっしょ》に、ね」

「！　はい。ありがとうございます、リラさん」

リラを少しだけ警戒《けいかい》するウィリアムを宥《なだ》めるように彼の手を握《にぎ》って、彼女の後についていく。

カーニバルの開催中《かいさいちゅう》は、宿泊施設《しゅくはくしせつ》に泊《と》まる一座もあれば、運営側が用意してくれる天幕用の広場で寝泊《ねと》まりする一座もある。

フェリシアが世話になった一座は、入国が遅《おく》れたこともあり、後者だった。

自分たちの天幕に入った途端《とたん》、フェリシアが代打を務めた女性が片足で飛びついてきた。

「お疲《つか》れ様、フェリシア！　遠目だったけど、すっごく素敵《すてき》なステージだった！　ありがとう、私の分まで踊ってくれて。私ね、今すごく興奮してるの。フェリシアが頑張《がんば》ってる

のを見て、私も落ち込んでる場合じゃないって思った。だから、本当にありがとう」

「そんな、気にしないでください。それに私も、おかげで会いたい人に会えましたから」

「それなんだけどね、フェリシア」

天幕の中には一座のみんなが集まっていて、少々手狭《てぜま》になっている。座長も端《はし》で腕を組んで、いつもの気難しい顔で佇《たたず》んでいた。

「フェリシアって、確か旦那《だんな》さんに会いたかったんじゃなかったっけ？」

「？　そうですよ」

「でもさ、ね？」

と、全員の視線がフェリシアの隣《となり》にいる人物に移った。そこには髪《かみ》の長い妖艶《ようえん》な美女がおり、恥《は》ずかしがることもなくフェリシアの腰《こし》を抱《だ》いている。

「……そういえばウィル、どうしたんですの、その格好？　私より美人で、女としての自信を失うんですが」

けれどウィリアムは微笑《ほほえ》むだけで、何も返事はない。そのせいで変な沈黙が生まれる。

ややあって、彼が観念したように口を開いた。

「初めまして。こんな格好ですが、フェリシアの夫のウィリアムです。妻が大変お世話になったようで、私からもお礼を言わせてください」

声には凄《すご》みが潜《ひそ》んでいたが、それよりもその低さに驚《おどろ》いたらしいみんなが仰天《ぎょうてん》の声を上げた。

「え、男？」

「男だ。この低さは絶対男だよ。夫って言ってるし。マジか！」

「こんなに美女なのに！」

「念のため言っておきますが、好きでこの格好をしているわけではありません。旅芸人一座というのは排他的《はいた》でしたので、妻を捜すのに男のままだと不都合があっただけです」

「あ〜、なるほどね。確かにこの時期は特にそうだよねぇ」

リラが納得《なっとく》したように首肯《しゅこう》すると、他《ほか》の数人も同じようなことをこぼしては頷《うなず》いていた。

理解できず一人だけ首を傾《かし》げていたフェリシアに、マルスが苦笑《くしょう》しながら説明してくれる。

「カーニバルもそうだけど、こういう大きなイベントのときって、羽目を外す人が多くてさ。一夜限りの恋《こい》に溺《おぼ》れて逃《に》げちゃう子とか、下世話になっちゃうけど、なんていうか、体調崩《くず》して舞台《ぶたい》に出られなくなる子とか、結構いるんだよ。もしくは男側が踊《おど》り子を連れ去っちゃうパターンとかね。だからこういう日に踊り子に声をかける男は大抵《たいてい》警戒される。えっと、彼、でいいんだよね？　彼がフェリシアを捜して一座を訊《たず》ね回っていたなら、きっと誰《だれ》もが口をつぐんだだろうね」

へぇ、と相槌《あいづち》を打っているとき、腰に回っていたウィリアムの手に力が入ったことに気づく。

どうしたのかと思って見上げたら、珍《めずら》しく人前で——ほんの少しとはいえ——眉根《まゆね》を寄せた彼が何かを訴《うった》えるようにフェリシアを見つめてきた。

「ウィル？　そんな顔して、どうしたんですか？」

「だって、なんで——」

ウィリアムが何か言いかけたとき。

「王女さんが他の男に名前を呼ばせるからですよ。ねー、陛下」

「⁉」

どこからともなく第三者の声が降ってきて、その声の主の神出鬼没《しんしゅつきぼつ》な登場に慣れたフェリシアとウィリアム以外が、声の正体を探して視線を彷徨《さまよ》わせた。

「あっ、梁《はり》のとこ！」

誰かが叫《さけ》ぶと、一斉にみんなの視線が梁に足をかけているゲイルを捉《とら》える。

「どーもー、初めまして！　みんな大好きお茶目《ちゃめ》でキュートな人気者、ゲイル・グラディスでっす！　よろしくぅ！」

「よろしくじゃないよ！　あんたどこに足かけてんだい！　天幕が壊《こわ》れたら修理費請求《せいきゅう》するよ！」

「あ、やべ。すぐに降りまーす」

ウインクまでばっちり決めていたゲイルだが、座長の喝《かつ》で軽《かろ》やかに着地する。

「いや～、王女さんが見つかって本当に良かったっすよ～。危《あや》うく国家間の戦争が始まるところでしたからね」

「え？」

「……ゲイル。おまえ、今の今までどこにいた？　私から離れるなと言ったはずだが」

「いやいやいや！　だって陛下が突然《とつぜん》走り出すからでしょ⁉　あの人混みの中でやられちゃあ、そりゃ見失いますって！」

これでも頑張って追いかけたんですから！　とゲイルが必死に言い訳を言い募《つの》っているとき、リラたちの表情から色が失《な》くなっていくことにフェリシアは気づいた。

「リラさん？　どうしました？　他のみなさんも……」

「フェ、フェリシア。今さ、なんか、王女とか、陛下とか、聞こえたんだけど……」

そこでようやく合点《がてん》がいく。そういえば彼らはフェリシアのことを貴族だと思っていて、フェリシアもあえて訂正《ていせい》しなかった。

「それについてなんですけど……実は私、貴族とはちょっと違《ちが》っていて」

「彼女はもう王女でもない。ゲイル、ややこしいから呼び名を変えろ。それと着替《きが》えを渡《わた》せ」

「え～、でもこっちの呼び名で定着しちゃったんですよね。それに『王女さん』のほうが言いやすいですし。あ、着替えはどうぞ」

じゃあこれからは王妃《おうひ》さんかぁ、と天幕の出入り口付近まで下がって静かに王妃呼びの練習をするゲイルをもう眼中の外に置いて、ウィリアムがにっこりと笑って言う。

「とりあえず、先に着替えさせていただいても？」

そのきれいすぎる微笑みに、どうぞ、と一座のみんなが呆《ほう》けたように頷いた。


「では正式に紹介《しょうかい》しましょう。彼女はシャンゼル王国の王妃、フェリシア・フォン・シャンゼルです」

女装を解いたウィリアムが登場すると、マルスが一番に反応した。

「そのお顔……まさかウィリアムって、あのウィリアム王子だったんですか⁉」

これにはフェリシアとウィリアムのほうが驚いたものだ。

「マルスさん、夫をご存じなんですか？」

「あ、ああ。俺の出身がシャンゼルに近いから」

「そういえばマルス、よく言ってたものね。『うちにもシャンゼルのウィリアム王子みたいな方がいてくれたら、まだマシだったのかな』って。だから〝ウィリアム王子〟は、マルスにとって憧《あこが》れの存在なんだけど……」

「ばっ、リラ！　ご本人の前で暴露《ばくろ》するな！」

「いや、そうじゃないでしょうよ。それより、本当に本物のウィリアム王子なの？」

「そうだよ！　だから指を差さないでくれ、頼《たの》むからっ」

「ごめんごめん。で？　その人の奥さんが、フェリシアで？」

「そ、そうだった。え？　ということは俺、憧れの人の、奥さんを……？」

そのままマルスの顔色は真っ青になり、今にも倒《たお》れそうになっていた。しかもウィリアムが意味ありげにマルスに向かって微笑んだものだから、マルスの肩《かた》が大げさに揺《ゆ》れる。

「ちょっとウィル、脅《おど》かしちゃだめでしょう。マルスさんは私を助けてくれた恩人の一人なんですよ。それに、さっきステージのところでウィルの手を引っ張り上げてくれたのもマルスさんなんですから」

「……そういえばこんな男だったね。あれはどういうつもりで？」

「えっ、いや、あれはただ、女性が他の客に押し潰《つぶ》されそうだったからで……」

「私はそんな柔《やわ》じゃないけれどね」

「で、ですよね！　俺、余計なことしましたよね！」

「もう、ウィルっ。だから脅かしちゃだめですって。そこはお礼を言うところですわよ？」

「そうかもしれないけど、私はまだ状況《じょうきょう》を把握《はあく》できていないんだ。色々と訊《き》いても？」

コンテストの結果発表まで時間もあったので、フェリシアは襲《おそ》われてからこれまでのことを全《すべ》て話した。その間、子どもたちには祭りを楽しんでくるよう座長が言い、引率《いんそつ》の数人と共に天幕を出て行く。

話自体は長くはかからなかった。ジュリアに襲われて、どこかに連れて行かれている途《と》中《ちゅう》で目が覚め、自力で逃げていたところをマルスに助けてもらったこと。それからはずっとこの一座でお世話になっていたことを話し終えると、ウィリアムが真剣《しんけん》な声音《こわね》で確認《かくにん》してくる。

「じゃあ、この一座は君を助けてくれたんだね？　あえて直球で訊くけど、君を買った、もしくは売ろうとしていたわけじゃないんだね？」

「違います！　とても親切にしていただきました」

「そう。それならいいんだけど」

呟《つぶや》くと同時、ウィリアムが肩から力を抜《ぬ》いた。それを不思議に思って訊ねる。

「あの、もしかして私が連れ去られていた間、何かあったんですか？」

「というより、手がかりが少なくてね。君を攫《さら》った犯人を捕《と》らえたのはいいんだけれど、彼らも君の行方《ゆくえ》を知らないと言って、少ない手がかりから様々な可能性を考えるしかなかったんだ。最悪の場合、フェリシアが旅芸人一座に扮《ふん》した奴隷《どれい》商人に売られた可能性もあった。だから気が気じゃなくて」

なるほど。それでウィリアムがぴりぴりしていたわけだ。

「ゲイル、おまえももういいよ」

天幕の出入り口付近で立っていたゲイルを、ウィリアムが呼び寄せる。

そのときになって初めて、ゲイルがそこにいた意味をフェリシアは察した。ゲイルは意味もなくそこに立っていたわけではなく、おそらく敵かもしれない相手の退路を塞《ふさ》ぐためにに立っていたのだ。

そしてウィリアムがそれを解いたということは、彼がこの一座は警戒《けいかい》する必要なしと判断したということである。

ウィリアムが申し訳なさそうな笑《え》みを作った。

「私の妻を守るためです。どうか気を悪くしないでいただきたい」

「はは……なんかもう、色々とすごいわ」

リラが口角を引きつらせる。いや、リラだけではない。

「だから言っただろ。ウィリアム陛下はやり手だって」

マルスも額に冷や汗《あせ》を浮《う》かべていた。この場に残った他《ほか》の大人たちも、だいたい似たような反応を示している。

「ふん。やり手だろうが王様だろうが関係ないね。用が済んだならその子を連れて帰りな。あたしらはまだ忙《いそが》しいんだよ」

しかし一人だけいつもと調子が変わらないのは、この一座の頭《かしら》である座長だ。

フェリシアは座長のこともウィリアムに紹介した。怪我《けが》の手当てをしてくれて、ここまで送ってくれた恩人だと。

「座長はですね、言葉では何を言ってても、とても優《やさ》しい人なんですよ。それに、薬草や怪我の手当てに詳《くわ》しいんです。おかげで私の怪我もだいぶ良くなりましたわ」

「そっか。妻を看《み》てくださりありがとうございました。この礼は必ず」

「そんなもの要《い》らないよ。あたしのガキが拾ってきたもんをただ気まぐれに世話しただけさ。それとも何かい、あたしらみたいなのにとって一番の礼は『普通《ふつう》の日常』だけど、あんたがそれをくれるっていうのかい、王様？」

「そうですね。それがお望みなら」

「ふん。それがどんなに難しいことか解《わか》っていないようなひよっこならお呼びじゃないよ」

「これは手厳しい。では、実際に見て判断していただきましょう。口で言うだけでは信じてもらえないようですから」

「へぇ？　そりゃ楽しみだね。すぐに音を上げないといいけど」

「ちょっと座長っ。さっきからなに喧嘩《けんか》なんか売ってるんだよ！」

「なんだい、マルス。言っておくけど、特大の喧嘩を売ったのはあたしじゃなくておまえのほうだからね」

「えっ、俺？　俺、何かした？」

座長が意味深長な視線でウィリアムを一瞥《いちべつ》する。彼はどうやらその視線に含《ふく》まれたものを読み取ったらしい。

「さすが、危険と隣《とな》り合わせの中でもこの大勢を守ってきたご婦人なだけはありますね」

「何がさすがだい。わざとわかるよう言葉の端々《はしばし》に匂《にお》わせてきたくせに。そんなに独占欲《どくせんよく》を丸出しにしなくたって、誰にも取られやしないよ」

「……誰も取らない、ではなく？」

「取ろうとしても本人が拒絶《きょぜつ》するさ。ここにいる間、あんたのことばっかりで鬱陶《うっとう》しかったからね、その子」

二人だけで進む会話に、フェリシアも他のみんなも若干《じゃっかん》ついていけず様子を見守る。すると、これはきっとフェリシアにだけわかった変化だが、ウィリアムが素《す》で喜色を浮かべた。

「どうやらあなたもやり手のようだ。相手を喜ばせるのがうまい。だからというわけではありませんが、先ほどの〝礼〟については期待していてください。本気でやらせていただきますから」

自分で望んだのにそんなことを言われたのが意外だったのか、座長が珍《めずら》しく目を丸くした。

「あたしらが求める『普通の日常』が、あんたにわかるのかい」

「ええ、だいたいの予測はついています。見たところ、ここは子どもが多いですよね。しかも温暖なトルニアにあって素肌《すはだ》を隠《かく》すような長い袖《そで》と裾《すそ》の服を着ている子どもが多い。

まだ芸を仕込めるような年齢《ねんれい》でない子もいるようですから、それらを総合的に考えると、あなたは身寄りのない、もしくは帰る場所のない子どもたちを引き受けている。ならば、あなたの言う『普通の日常』が、子どもたちが安心して暮らせる――特に奴隷商人に怯《おび》えずに過ごせる毎日だと推察できます。そこまでわかれば私のやることは明白です。子どもが売り買いされることのない未来を、約束しましょう」

「……あんた、本当に本気なのかい？　こっちはその子一人を助けただけだよ」

「その『一人』が壮大《そうだい》な約束をさせるほど大切なんです。あなたが首を飛ばされる覚悟で願った思いと、種類は別ですが、同等以上の強さで想《おも》っていますから」

最初はぽかんとしていた座長だったが、次第《しだい》に肩《かた》を震《ふる》わせて、最後には大口を開けて笑い出した。

「あっはっは！　こりゃたまげたね！　あたしの虚勢《きょせい》もお見通しってかい。そうか、あんたみたいな王が世界にはいるのかい。こりゃあいい。いつか行ってみたくなったよ、シャンゼルに」

「いつでも歓迎《かんげい》しますよ」

「そうさねぇ。マルスの淡《あわ》い初恋《はつこい》が終わったら行こうかね」

「それはぜひ、完膚《かんぷ》なきまでに終わらせてから来てください。まあ、もし終わっていなくても、私のものだと見せつけられる覚悟で来るなら構いませんが」

「本当に面白《おもしろ》い男だね。だが、溺《おぼ》れながらも理性のあるその瞳《ひとみ》はいい。グランカルストの前王は恋《こい》に溺れて堕落《だらく》しちまった。あんたにはその心配もなさそうだ」

不意に父の話題が出てフェリシアはドキッとしたが、表情には出さない。

「それに、子どもを守るために身体《からだ》を張った女が妻とくれば、期待せずにはいられないからね」

「それは……どういうことかな、フェリシア？」

仮面の笑みで見下ろされる。久々に見るウィリアムの怒《いか》りの顔だ。

「違《ちが》うんです。あれは私の勘違《かんちが》いでっ」

「マルスに毒を盛ってやるって脅《おど》してたね、確か」

「ですから、それは勘違いでやったことで……！　なんというか、改めて申し訳ありませんでした、マルスさん」

「え⁉　いやいや気にしなくていいよ！　むしろ優しくて勇敢《ゆうかん》な人だなって、フェ――ふごっ⁉」

「この馬鹿《ばか》ちんが。余計な口は閉じときな」

なぜか座長の強烈《きょうれつ》な一撃《いちげき》を腹に食《く》らったマルスは、そのままくの字で悶絶《もんぜつ》する。ゲイルが「お見事～」と拍手《はくしゅ》をしていたが、とても賛同できない容赦《ようしゃ》のなさだった。

しかしマルスの仲間たちまで呆《あき》れたように笑っているから、場は和《なご》やかな雰囲気《ふんいき》に包まれる。

「さて、フェリシア」

座長が目の前までやってくる。

「あんたはいい拾いものだったよ。子どもたちはきっと泣いちまうから、このまま旦那《だんな》のところに帰りな。いいかい、あたしの言葉を忘れるんじゃないよ。とりあえず頭下げな」

「座長!? 王族相手に頭下げろって、それはさすがに……って抵抗《ていこう》なく下げてる!」

マルスは気を遣《つか》って咎《とが》めてくれたのだろうけれど、フェリシアは座長になら大丈夫《だいじょうぶ》だと思った。

これまでは頭を下げる行為《こうい》を深く考えたことはなかったけれど、自分が〝王妃《おうひ》〟であるなら簡単に下げていいものではない。それがひいては国の謝罪と同義となるかもしれないからだ。

けれど、座長はフェリシアを心身共に救ってくれた人だ。謝罪のために下げるのではなく、感謝のために下げる。

「座長、本当にお世話になりました。怪我の手当ても、ここまで送ってくださったことも、座長からいただいた言葉も、絶対に忘れません。私も夫と共に約束を果たすため、精進《しょうじん》します」

「違うわ馬鹿ちん」

「あたっ」

「ざ、座長ぉっ⁉」

いきなり頭を軽く叩《たた》かれて、これにはウィリアムでさえ目をぱちくりとさせていた。

「あたしは頭下げて感謝しろなんて言ってないよ。頭を下げなって言ったんだ。じゃないと、届かんだろうが」

ふわりと、頭に小さな温《ぬく》もりが乗る。それがフェリシアを褒《ほ》めるように、あるいは励《はげ》ますように、ゆっくりと髪《かみ》を撫《な》でていく。

「年を取って背が縮んでね。笑っちまうだろ？」

「……っれは、身体の水分量が、減ったから……」

座長の優しさに胸が詰《つ》まって誤魔化《ごまか》すように答えたら、「真面目《まじめ》に返すな」とまた頭を小突《こづ》かれる。

ほんのちょっとの間だったけれど、この一座からもらったものは大きい。

他《ほか》のみんなとも別れを惜《お》しんでいたとき、座長とウィリアムが小声で話すところが視界の端《はし》に映った。

「約束を本気で守ってくれそうなあんたに、一つだけ教えてやるかね」

「改まってなんですか」

「最近、以前にも増して奴隷《どれい》市場が活発になってる。特に子どもが狙《ねら》われててね。鼻の利《き》く連中はこう噂《うわさ》してるよ。『何か大きな事件が起きる予兆じゃないか』ってね。だからこそ、肝《きも》に銘《めい》じておきな。これは一国の王だけで対処できるような問題じゃないかもしれない。そのときはあたしとの約束なんて忘れて、自分の国のことを考えな」

「……そうですね。私も一つ、お伝えしておきましょう。お気遣《きづか》いは嬉《うれ》しいですが、私はできない約束はしない主義なんです。何よりも、その〝問題〟の被害者《ひがいしゃ》の中には我が国の子どもも含まれていますから、私が見逃《みのが》すなんてありえない」

「我が国の子どもって……あんたまさか、すでに摑《つか》んでたのかい」

「情報提供に感謝します。国の中にいると、なかなか他国のことまで把握《はあく》するのは難しくて。ちょうどそのあたりの確信を得たかったところだったんです」

「ははっ、そうかい。顔に似合わず食えない男だね。フェリシアが悩《なや》むわけだよ」

「……彼女が何か？」

「それは本人に訊《き》きな」

二人の会話がうっすらと聞こえてきて、最後、座長と目が合った。座長が何を言わんとしているのか、その視線で理解する。

(もう遠慮《えんりょ》はしない。ちゃんと話し合うって、決めたんだから)

ウィリアムの負担になることを恐《おそ》れない。言いたいことも言えないような関係にだけはなりたくない。

そのためにも、まずは自分の悩みを相談するところから始めようと思っている。

タイミングを見計らってウィリアムの許《もと》へ戻《もど》ろうとしたとき、マルスに腕《うで》を掴まれた。

「フェリシア、あのさ、最後に一つだけいいかな」

「？　はい」

「ごめん。ちょっと困らせること言うかもなんだけど……。俺さ、フェリシアみたいに優《やさ》しくて、明るくて、かわいい子と出会えて、本当に良かったと思ってるんだ。ウィリアム陛下が相手じゃ無理だってわかってるけど、でも、伝えないのも心残りになりそうだから言わせて。俺、フェリシアのこと好きだ。ずっと応援《おうえん》してるから、頑張《がんば》って！」

突然《とつぜん》の告白に目を見開く。マルスの顔は耳まで赤く染まっていた。この様子からどういう種類の〝好き〟なのかを察したフェリシアは、驚《おどろ》きの後《のち》、自分の腕を掴む彼の手をやんわりと解《ほど》いた。

真剣《しんけん》に伝えてくれたのだとわかるから、これから自分が口にする〝答え〟が彼を傷つけるかもしれないとわかっていても、きっぱりと告げる。

「ありがとうございます、マルスさん。応援していただけるのは嬉しいんですが、その想いは受け取れません」

誰《だれ》よりも愛《いと》しい人がいるから。だから、マルスの想いには応《こた》えられない。この気持ちが揺《ゆ》らぐことはないと絶対の自信を持って言い切れる。

一瞬辛《いっしゅんつら》そうな顔をしたマルスだが、すぐに目元を穏《おだ》やかに緩《ゆる》めた。

「うん、やっぱりそうだよね。きっぱりと振《ふ》ってくれてありがとう。これで後悔《こうかい》しないでいられそうだ」

そのとき、リラがマルスの背中を思いきり叩く。

「そうよ。私たちみたいな根なし草は、後悔してる暇《ひま》なんてないんだから。よく告《い》ったわ、マルス」

「振られた記念にあとで飲もうぜ」

「こうなったら全員の失恋暴露《しつれんばくろ》大会でもするか！　もちろん、一番手はマルスで！」

リラだけでなく、一座のみんながマルスを囲って揶揄《からか》い始める。

それはきっと、マルスを元気づけるためにわざとやっているのだろう。フェリシアが思うのも変なことだけれど、いい仲間だなぁと我知らず笑《え》みがこぼれた。

「話は済んだ？　フェリシア」

「ウィル。ええ、私のほうは。ウィルも終わりました？」

「とっくにね」

にっこりと仮面を貼《は》りつけた彼を前にしたマルスが、気まずそうに視線を泳がせた。

「……あのときの胸騒《むなさわ》ぎはこれか。だからフェリシアを一人にしたくないんだ」

「え？」

誰に聞かせるつもりもなかったのか、ウィリアムの呟《つぶや》きは小さくて拾えない。

けれど、仮面の下で彼が苦痛に顔を歪《ゆが》めているような気がして、フェリシアは無意識にウィリアムの袖《そで》を摑んでいた。

「それにしても、シャンゼルの王様ってこの辺で聞く容姿と全然違うし、絵よりずっと男前よね。そりゃマルスも勝てないわけよ」

「ねぇリラ、ここで俺の傷抉《えぐ》るのやめてくれる？　あとさ、陛下の前ではさすがにやめて」

「なあに、マルスったら遠慮してるの？　告白しといて？」

「いや、座長と話してたから、今なら聞こえないかなと思って……っ」

「馬鹿《ばか》ねぇ。聞こえないわけないじゃない。そもそもあんたが気にしなくても、旦那《だんな》には旦那の余裕《よゆう》があるから大丈夫《だいじょうぶ》だって。ですよねー、王様」

「なんでそんな怖《こわ》いもの知らずなの⁉」

二人のやりとりを苦笑《くしょう》しながら見守っていたら、袖を摑んだ手にウィリアムの手がぎゅっと重なった。

「――余裕なんて、ありませんよ」

ウィリアムからこぼれた言葉に、場がしんと静まり返る。

「余裕なんて持てるほど、私はできた男じゃない」

彼がこんなふうに人前で自分の心情を吐露《とろ》することが、かつてあっただろうか。それも、初対面の相手に。

「フェリシアを名前で呼び捨てる君が気に入らないし、フェリシアを想《おも》う男がいることも気に入らない。これまでなら想いを伝えることさえ許さなかったけど、君は彼女の恩人だ。だから邪魔《じゃま》しなかった。きっぱり振られてくれれば諦《あきら》めもつくだろうとの打算もあった」

次々と溢《あふ》れ出てくる彼の悲鳴が、フェリシアの胸に突《つ》き刺《さ》さる。

「そもそもの話、フェリシアを守れなかった自分が情けなくて仕方ないのに、他の男が助けたなんて聞いてなぜ余裕なんて持てるんだい？　持てるとでも思った？　ねぇ、教えてよ、フェリシア」

「……っ」

彼の傷ついた顔が見えた気がした。一見すると、いつもの仮面に変化はないようなのに――。

色々なものが堪《たま》らなくなったフェリシアは、ウィリアムの腕を取ると、一座のみんなに向けて勢いよく頭を下げた。

「皆《みな》さん、短い間でしたが、本当にお世話になりました！　このご恩を返すため、約束は必ず守ります。本当はコンテストの結果が出るまでいようと思いましたけど、ごめんなさい、夫と一緒《いっしょ》にもう戻ろうと思います」

「そ、そうだね。他《ほか》にも心配してる人とかいるだろうしね」

「はい。本当にありがとうございました。皆さんの益々《ますます》のご活躍《かつやく》、楽しみに祈《いの》っております。子どもたちにも感謝を伝えておいてください」

そう言って、フェリシアはウィリアムの腕を引っ張る。天幕を出るときに振り返って目礼したが、一座のみんなはぽかんと放心したままだった。


フェリシアたちが慌《あわ》ただしく出て行ったあとの天幕では、

「……いいなぁ。なんか私も、恋《こい》したくなってきちゃった」

「うん。フェリシアじゃないのに、最後のは私もきゅんとしちゃった」

「マルスは完全に当て馬だったけどな。でも、いい当て馬だったよな」

「だな。コンテストの結果がなんであれ、マルスには特別に当て馬賞でもやるか」

なんて、一人を除いて盛り上がっていたとか。


タウンハウスまでの道中は、二人ともひと言も話さなかった。

きっとゲイルは言われなくてもついてきているだろうと踏《ふ》んで、とにかく早くタウンハウスに戻ることを考えた。

最初は勢いでフェリシアが先導していたが、そもそも道を知らないからウィリアムの許《もと》に戻れなかったことを、彼に「違《ちが》うよ。こっち」と軌道《きどう》修正をかけられて思い出す。

それくらい、フェリシア自身にも余裕がなかったのだ。

やっと着いた見覚えのあるタウンハウスに入ると、フェリシアは真っ先に玄関《げんかん》すぐの階段を上っていく。

三階には二人の寝室《しんしつ》がある。鍵《かぎ》も掛《か》けられるそこにウィリアムを押し込むと、フェリシアは後をついてきたゲイルに短く伝えた。

「しばらく二人にしてほしいの。出てくるまでそっとしておいて」

「了解《りょうかい》っす。このゲイル、今日くらいは真面目《まじめ》に空気読みます」

妙《みょう》に真剣に頷《うなず》いて階段を下りていくゲイルの背中を、フェリシアは小首を傾《かし》げながら見送る。何か盛大な誤解をされていそうだが、今気にすることではないかと思い直す。

そして扉《とびら》の鍵を閉め、フェリシアの意図を探《さぐ》ろうとしているウィリアムをベッドの縁《ふち》に座らせたら、そのまま正面から彼の頭を包むように抱《だ》きしめた。

「好きです、ウィル」

ウィリアムの肩《かた》がぴくりと反応する。

構わず続けた。

「大好きです。私、離《はな》れていた間、ずっとあなたのことばかり考えていました。聞こえますか？　こんなふうに心臓がドキドキするのは、ウィルにだけなんですよ。他の誰に好意を寄せられたって、私の想いは変わりません。ウィルだけを愛してます。だから、不安なことがあるなら私に教えてください」

彼が少しだけ身じろいだが、離すまいと力を込める。

すると、彼の手が背中に回る気配がした。最初はそっと触《ふ》れるように、けれどすぐに、我慢《がまん》するのをやめたように強く掻《か》き抱《いだ》かれる。

「ずるいよ、フェリシア」

「はい」

「そんなふうに甘やかされたら、隠《かく》したいものも隠せなくなる」

「隠さなくていいんです。私は聞きたいです」

「醜《みにく》い嫉妬《しっと》を？　これを全部吐《は》き出したら、君はきっと私を嫌《きら》いになるよ」

「なりません。愛してるって言ったじゃないですか」

彼を抱きしめる腕《うで》にさらに力を込める。

しばらくそうしていたら、ウィリアムのほうから微《かす》かな呟きが聞こえてきた。

「君を、失いたくないんだ」

「はい」

「君を失うのが、何よりも怖いんだ」

「ええ」

「結婚《けっこん》して、君は確かに私の妻になったのに、不安が全然収まらない。自分でもどうにもできないんだ。君のことを信じているのに」

「ええ、わかってます」

「お願いだ、フェリシア。お願いだから、私の目の届かないところに行かないでほしい。今回のことも本当に血の気が引いた。大きな怪我《けが》はなさそうだったし、あの大勢の前で訊《き》くわけにもいかなかったから我慢していたけど……君の身体《からだ》に乱暴を働いた者はいない？　もしいるなら、辛《つら》いかもしれないけど、教えてほしいんだ」

「大丈夫。誰《だれ》にも触れさせてませんわ」

「そう……良かった」

　ごめんね、とウィリアムは消え入るような声で囁《ささや》いて。

「私がもっとうまく立ち回っていれば、君をこんな目に遭《あ》わせることもなかったのに。君の前世はここよりずっと平和だったんだろう？　魔物《まもの》もいなくて、誘拐《ゆうかい》や人身売買すら身近にないと言っていたね。そんな平和な世界で育った君を、こんな危険な目に遭わせた。君がいつこんな私に愛想《あいそ》を尽《つ》かすかと、気が気じゃないんだ」

　彼の本音に少なからず衝撃《しょうげき》を受ける。そんなことを思っていたのかと。

　いや、そんなことを思わせてしまったのかと。

「ねぇ、ウィル。私からも謝らせて。私ね、そんなつもりで前世の話をしたわけじゃないんです。自分の中にある記憶《きおく》を誰かに話せるのが嬉《うれ》しくて、ついつい話しちゃっただけなんです。だから前世と比べて今世を嫌《いや》になったことはないし、それでウィルに愛想を尽かすことは絶対にないって言い切れるわ」

だから、と続けて。

「溜《た》め込まないでください。あなたの不安を私にも共有させて。私、何もかもウィルが初めてだから、きっと至らないことがいっぱいあると思うんです。現にウィルが人前で抑《おさ》えが利《き》かなくなるほど不安になってたんだって、さっき気づいたくらいだもの。私だってウィルを不安にさせたいわけじゃないんですよ」

「ん……君のそういうところが好きだよ」

「私も、そうやって私を不安にさせないように想いを言葉にしてくれるところ、好きですよ」

「君のそういう優《やさ》しいところを、他の人間には見せないでほしい」

「わかりました」

「男には塩対応で十分だ」

「気をつけますね」

「ただ、前世の話は、たくさんしてくれて構わない」

「え？　でも……」

「愛想を尽かさないならいいんだ。それに、私にしか話せないというのは優越感《ゆうえつ》があるからね」

「じゃあ約束します」

「あと、毎日キスはしたい。フェリシアからもしてほしい」

「えっ。が、頑張《がんば》ります」

「だからというわけじゃないけど、朝、まだ眠《ねむ》っている君にキスをするのは許してね」

「……まさかとは思いますけど、今まですでに？」

「一日の元気の源だからね」

「してたんですね⁉」

「だから今許可をもらおうと思って」

「そういうのは事前にお願いします！　……でも、わかりました」

「いいの？」

　ウィリアムの顔が輝《かがや》く。

「その代わり！　どんな寝顔《ねがお》でも言及《げんきゅう》しないでくださいね！」

「大丈夫《だいじょうぶ》。君は毎日顔中にキスしたくなるほどかわいい寝顔で寝てるから」

「言及しないでって言ったんですけど⁉」

　一拍《いっぱく》置いて、どちらからともなく笑い合う。ああ、彼の許にちゃんと帰ってこられたんだと、ようやく実感する。

ウィリアムの手が頤《おとがい》に添《そ》えられて、抵抗《ていこう》することなく目を閉じる。離れていたのはほんの数日だったのに、久しぶりに彼の熱を唇《くちびる》に感じて幸福に浸《ひた》った。

フェリシアも隣《となり》に腰《こし》掛けると、自ら彼の手に指を絡《から》める。

「今日のフェリシアは積極的だね」

「だって……ウィルの不安は私のせいでもあるのかなって、ちょうど思ってたところだったんです。私が恥《は》ずかしがって甘えられないから、それが不安にさせる原因だったのかなって。そう思ったら私、なんだか自分が情けなく思えてきて。私だってこうしてウィルと触れ合いたいですし、好きだって伝えたかったんです」

「じゃあ、今はもう恥ずかしくなくなった？」

「というより、ウィルのあんな姿を見ちゃったら、自分の羞恥心《しゅうちしん》なんてどうでもよくなりました」

「ふふ、そっか。じゃあみっともない姿を見せた甲斐《かい》があったのかな。私としてはかっこ悪いにも程《ほど》があるから、忘れてほしいところではあるけれど」

「でもそういうところも、私には見せてほしいです。あなたの全部を愛したいから」

「……待って。本当に今日はどうしたの？　嬉しいけど、あまり私を煽《あお》らないほうがいいよ？　いつか本当に君を閉じ込めかねないから」

「嫌なときはちゃんと嫌って言いますから大丈夫です。全力で抵抗します」

「するんだ」

ウィリアムが苦笑《くしょう》した。

「ですから、ウィルも嫌なときは嫌って言ってください。負担になりそうなときは、限界が来る前に教えてください。私はもう遠慮《えんりょ》しません。あなたと色んなことを話したり、相談し合ったりしたいです。それで、私にできることを私なりに頑張りたいと思ってます」

そう伝えると、まるでこちらの緊張《きんちょう》を読み取ったように彼の顔つきが真剣《しんけん》なものに変わった。

「相談したいこと、あるんだね？」

こくりと頷《うなず》く。

「……思えば、確かに最近はまともに会話の時間も取れなかったからね。旅行のために詰《つ》め込んでいたところはあるけど、朝食すら一緒《いっしょ》にできなかった。そんな私に優しい君が何も言えなくなるのは簡単に想像できたはずなのに、気づけなかった自分が不甲斐ないよ」

「違《ちが》います！　それは私が勝手に遠慮したからで、ウィルは何も悪くありません」

「でも、私は知っていたんだ。君がいつも自分のことは後回しにすること。なのに私は、君に甘えてばかりで……」

「それは私も同じですわ」

そう言うと、ウィリアムが眉尻《まゆじり》を垂れ下げた。

「これだと堂々巡りになりそうだね」

「うっ、確かに」

小さく肩《かた》を落とす。なんとなくばつが悪くなって、苦笑しながら頬《ほほ》を掻《か》いた。

「私たち、きっとお互《たが》いが大切すぎるんですね。だからお互いに測りかねていたのかもしれません。どこまでなら許されるのか、どこまでなら踏《ふ》み込んでいいのか」

フェリシアもウィリアムも、これまで誰かと深い関係になったことはほとんどない。

それは恋愛《れんあい》に限らず、全《すべ》ての人付き合いに言える。

上辺だけ取り繕《つくろ》うことは得意でも、本当に大切な人は限られた人しかいないから、どうやって踏み込んでいけばいいのかわからないのだ。

相手が大切な存在だからこそ、適当にできないから困ってしまう。

「ねぇ、ウィル。これは提案なんですけど」

「うん?」

「私たち、もっと話す機会を設けませんか?　たとえば、どんなに忙《いそが》しくても夕食か朝食は一緒にとる、みたいな」

今までのフェリシアなら、こんな提案を自ら口にすることはなかっただろう。やっぱりウィリアムに遠慮して。

でも、そうして会話の機会を逃《のが》していたから、余計に拗《こじ》れてすれ違ってしまったのだ。

遠慮することが、必ずしもいいこととは限らないなら――。

「賛成だ。今度からそうしよう。フェリシアさえ良ければ夕食がいいな。その日一日あったことを、また君と語り合いたいから」

「いいですわね。ウィルとたくさん話せるの、楽しみです」

嬉しくて満面の笑《え》みで答えた。

すると、ウィリアムが甘えるように身体《からだ》をすり寄せてきて、首元に顔を埋《うず》めてくる。

「急にどうしたんですか、ウィル」

「……なんでもないよ。フェリシアはやっぱりずるいなぁって思っただけ」

「首が真っ赤ですけど」

「そこ気づいちゃうの？　自分に向く好意には気づかないのに？」

「うっ。……ウィルの意地悪」

「それは私のセリフだよ。なんであそこで満面の笑みになるかなぁ。かわいすぎて心臓が辛《つら》い」

「もしかして、それで赤くなってるんですか？」

意外すぎて思わずそう返したら。

「そうだよ。今こそ長年培《つちか》ってきた仮面の使いどころだと思うんだけど、顔に集まる熱の冷まし方なんて知らないんだ。君以外にこうなることなんてなかったから」

だから情けなくても大目に見て、と彼が弱々しく懇願《こんがん》した。

真剣な彼には悪いけれど、フェリシアの乙女心《おとめごころ》は不謹慎《ふきんしん》にもきゅんと高鳴る。

「ふふ。私、ウィルの照れるツボがいまだにわからないんですけど、それもこれからたくさん知っていきたいですわ」

「いや、それはちょっと……」

ウィリアムが押されてくれることなんて滅多《めった》にないので、ここぞとばかりに仕掛《しか》けてみたら、耐《た》えられなくなったらしい彼が勢いよく顔を上げた。

「それより、フェリシアは相談があるんだよね。その話をしよう」

「別に今じゃなくても……」

「今がいい。ね？」

笑顔の圧力がすごい。よほど攻《せ》められるのが嫌《いや》だったようだ。

そんな姿すらかわいいと思えて吹《ふ》き出したあと、フェリシアはおもむろに口を開いた。

「実は私、自分が本当に『王妃《おうひ》』に向いているのか、最近わからなくなってたんです。自信がなくなってきたと言いますか。目の前のことをやるだけでいっぱいいっぱいになってしまって、本当にこれでいいのかって。あっ、でももちろん、ウィルの隣にいたい気持ちがなくなったわけじゃありませんよ。ただ、『王妃』ってなんだろう、みたいなことをずっと考えていて……」

「そっか。まずはごめんね。そんな大変なこと、一人で悩《なや》ませて」

「そんなっ。だからそれは――っ」

「うん。だから、ありがとう、私に相談してくれて」

ウィリアムの大きな手が優《やさ》しく頰を包み込む。

まさかここでお礼を言われるなんて思わなかったから、知らず肩から力が抜《ぬ》けた。

遠慮はしないと決めても、それがすぐにできたらフェリシアは悩んでなんかいなかった。

そんなフェリシアの性格を知っていて、彼は「ありがとう」と言ったのだろう。

彼のそういうところが堪《たま》らなくなる。もっと好きにさせられる。

それからフェリシアは、溜《た》め込んでいたことを少しずつ吐露《とろ》していった。

「――なるほどね。義兄上《あにうえ》は相変わらず意地が悪いね。それでフェリシアは、義兄上の言葉を受けてどう思ったんだい？」

「癪《しゃく》ですけど、そのとおりだと思いましたわ。私はもうグランカルストの王女じゃありません。シャンゼルの王妃です。何かあったとき、私はシャンゼルの王妃として闘《たたか》います。生まれは違っても、私はあの国が大好きだから。その国を悪戯《いたずら》に危険に晒《さら》さないように、たとえ兄妹《きょうだい》であっても、これからはその線引きを守ろうと思いました」

「うん。国を背負う身としては君の考えに賛成だ。でもせっかく義兄上への誤解が解けたのに、また酷《こく》なことをさせてしまうね」

首を横に振《ふ》る。ウィリアムが申し訳なさそうな顔をする必要はどこにもないから。

「私が自分で選んだ道です。責任は自分で取ります。それに、お兄様とはずっと闘ってきた仲ですもの。いざというときはトリッキーをお見舞《みま》いしてやりますから大丈夫《だいじょうぶ》ですよ」

「はは、それは頼《たの》もしいね。でもまあ、安心して。そんな最悪が訪《おとず》れないように、私たち人間には言葉があるんだから。理性のない獣《けもの》は魔物《まもの》だけで十分だ」

「ええ。でもいつか、その魔物もいない世界をつくりたいですね」

そう言うと、ウィリアムは一瞬《いっしゅん》目を見開いて、眩《まぶ》しいものでも見るようにフェリシアを見つめてきた。

「フェリシアはさ、さっき『王妃』に向いているかわからないって言っていたけれど、君のそういうところが私は十分向いていると思うよ」

「そういうところ?」

「いつかにも話したことがあると思うけど、『魔物のいない世界』なんて、シャンゼルを知っている人間にとっては『永遠の命を手にする』ことと同じくらいありえないんだ。言わば夢物語だね。でも、君はそれをなんてことのないように口にした。君だってシャンゼルの状況《じょうきょう》はよく知っているだろうに。端《はな》から諦《あきら》めず問題を根本から解決しようとするその思考は、十分王妃に向いていると思うよ。何よりも、私も同じ目標を持っている。魔物のいない世界を。そして異世界から誘拐《ゆうかい》まがいのことをしなくてもいいような世界を。だから、君は私の王妃に向いているね」

そう言って、彼が少しだけ泣きそうな顔で笑うから。

なんだか胸がじんとして、色んな感情が溢《あふ》れそうになった。

「そうですね。私は、ウィルの王妃です。フランチェスカ様にも言われました。どうしてウィルが私を選んだのか、その意味も考慮《こうりょ》してあげたほうがいいって」

そのときのことを思い出していたら、ウィリアムの雰囲気《ふんいき》ががらりと変わった。

「待って。今の、今のもう一回言って」

「？　今の？」

「『ウィルの王妃』って。フェリシアの口から聞けるなんて夢みたいだ」

「そこですか⁉」

少し前の真剣《しんけん》な雰囲気とはまた違った、真面目《まじめ》な顔でウィリアムが迫《せま》ってくる。その言葉の何が彼のツボだったのかわからないフェリシアは、ウィリアムのツボを理解できる日は遠そうだと内心で苦笑《くしょう》した。

（でも、なんだろう。一気に力が抜けたわ）

ふら〜とベッドの上に倒《たお》れ込む。

「フェリシア？」

「すみません。たぶん私、色々と難しく考えすぎてたみたいで。思ったよりウィルに受け入れられて力が抜けたみたいです」

「悩みって意外とそういうところがあるからね。一人で考えると行き詰《づ》まって雁字搦《がんじがら》めになるけれど、人に話すことで案外簡単に解決することもある。私に相談して良かった？」

「良かったです、本当に」

だって、きっと彼でなければこんなに簡単に悩みは晴れなかっただろうから。誰《だれ》に相談するかということもまた、重要なことなのだろう。

「やっぱり難しいですね、こういうのは。正解がありませんから」

「そうだね。正解があったら、たぶん世界はもっと単純だっただろうね」

「お兄様も単純だったかしら」

「はは。それはどうだろう」

天邪鬼《あまのじゃく》のような兄を思い出して、二人で笑う。

助言ですら絡《から》まった糸を解《ほど》いてみろと言わんばかりにややこしくしてくる兄だ。世界よりも兄のほうがよほど複雑怪奇《かいき》かもしれない。

今回のことだって、悪く解釈《かいしゃく》すれば捻《ひね》くれていて、良く解釈すればフェリシアに自分で考えることの大切さを教えてくれた気がしないでもない。

きっと、兄のことを誤解していた昔のフェリシアなら、迷いなく悪いほうの解釈をしていたはずだ。

けれどはっきりとした〝悪〟と〝正義〟がないように、物事は人の解釈でどうにでも形を変えてしまう。

さすがの兄もそこまで計算したわけではないだろうが、物事は多角的に捉《とら》えなければ隠《かく》された真実に辿《たど》り着けないこともあるのだと、併《あわ》せて教えられた気分だった。

「けど、義兄上のおかげでやっと相談してもらえたというのも、なんだか複雑だね」

「お兄様だけじゃありませんわ。フランチェスカ様や座長、色んな人との出会いで決心がついたんです」

「そっか。じゃあこれからは、もっと私のことを頼《たよ》ってくれるのかな？」

「ウィルのことはいつだって頼りにしてますけどね」

「うん。私が思うよりそうだったんだなって、君が残してくれたエノコログサで実感したよ。あれのおかげで君の身に危険が迫っているとすぐに判断できたからね。だからこそ、その期待に応《こた》えられなかったことが悔《くや》しくもあったわけだけど」

「？　ウィルは期待以上でしたよ。だって女装してまで捜《さが》しに来てくれたんですから」

そのときの格好を思い出してくすくすと笑っていたら、顔に影《かげ》がかかって、彼が覆《おお》い被《かぶ》さってきたことに気づく。

見下ろしてくる紫《むらさき》の瞳《ひとみ》の中に、悪戯な光が宿ったのが見えた。

「そんなふうに私を揶揄《からか》っていいのかな、フェリシア。今回のことは全面的に私が悪いと思って、これに関しては水に流そうと思っていたのに。やっぱりやめることにしよう」

いつのまにか彼の右手で両腕《りょううで》を頭上に固定されていて、お腹《なか》をするりと撫《な》でられる。

びくっと反応したら、ウィリアムの笑《え》みが深くなった。

「約束したのにね。こんなに露出《ろしゅつ》の高い服を着てはいけないよって」

「で、でも、これには事情が……」

「どんな事情かな」

「えっと、出場予定の方が、怪我《けが》をしまして。それに、少しでも目立てば、ウィルたちに見つけてもらえるかなって思って」

「へぇ。その予想が見事的中し、私は君を見つけられたわけだ」

「そ、そうですね。本当に良かったですわ」

「そう言われるとお仕置きもしにくいけれど、あの男が私よりも先に見たことは気に食わないな」

「ちょ、ウィルっ。お腹を撫でないで、くすぐったいですから！　それにあの男って誰ですかっ」

「決まってるよ。マルスとかいう、私の目の前で君に告白した男だよ」

「ひゃっ」

首に小さな痛みが走って、何をされたか理解して顔が熱くなる。

「今回は色々と仕方なかったと解《わか》ってはいるけれど、それと感情は別だね。これからは常にコレを君の身体《からだ》に刻んでおこうかな。そうしたら虫除《むしよ》けくらいにはなるかもね」

痛みの走ったところをウィリアムが何度も指でなぞるので、恥《は》ずかしくて彼の顔を直視できない。

「ねぇ、フェリシア。今回は軽いお仕置きにしてあげるけれど、二回目はないから気をつけてね」

耳元で吐息《といき》とともに囁《ささや》かれて、フェリシアは危《あや》うく気絶しかけたのだった。

エピローグ

カーテンから漏《も》れる日の光で目が覚めたフェリシアは、ぼんやりと瞼《まぶた》を上げた。

温かい布団《ふとん》でゆっくりと眠《ねむ》った身体は、事件の疲労《ひろう》から解放されている。

もぞもぞと動いて横向きになれば、きれいすぎる寝顔《ねがお》が目の前に現れた。規則正しい寝息を立てて穏《おだ》やかに眠っているウィリアムだが、昨夜は色んな意味ですごかった。


ウィリアムに（彼曰《いわ》く）軽いお仕置きをされたあと、いつもの室内用ドレスに着替《きが》えたフェリシアは、二階の客間に下りた。

そこには――おそらくゲイルからフェリシアの帰還《きかん》を聞いたのだろう――アイゼンを始めとして、ライラやジェシカたち使用人が勢揃《せいぞろ》いしており、なぜかフランチェスカまで一緒《いっしょ》にいた。

『フェリシア様っ!!』

部屋に入ってすぐにジェシカの突撃《とつげき》を食《く》らい、なんとか受け止め、ライラには全身の怪我をチェックされる。

どれだけ心配をかけていたのかと実感し、二人を思いきり抱《だ》きしめた。

が、主従の美談で一件落着とならなかったのがその後のことである。

『そこに座れ、フェリシア』

初めて聞くようなドスの利《き》いた声で、兄のアイゼンが床《ゆか》を示した。

すぐに反応できずにいたら、兄がもう一度『座れ』と命令してくる。戸惑《とまど》いを隠せなかったが、謎《なぞ》の圧力に負けて正座した。正座なんて前世以来だ。

そこからはもう、ウィリアムが止める間もなく兄の怒涛《どとう》の説教が始まった。

正直、なんで正座してしまったのだろうと途中《とちゅう》で後悔《こうかい》した。長すぎる説教のせいで足が痺《しび》れて散々だった。

兄の説教は、要約すれば「危機管理能力がなっていない」だったが、そのひと言をあんなに長く怒《おこ》れるのもすごいと逆に感心してしまったほどだ。兄は本気で怒ると昔のことも引っ張り出してくるタイプだったのかと、このとき初めて知った。

それでも兄に対して反抗《はんこう》心が沸《わ》いてこなかったのは、心配が高じてこうなったとわかっているからだ。

ただ、持参のドレスの中にネックラインを覆うものがなかったせいで、露《あら》わになっていたフェリシアの首元に咲《さ》いた赤い花々を見つけてしまった兄が、怒《いか》りの矛先《ほこさき》をウィリアムに転じてからがまた大変だった。

いつもなら嫌《いや》みの応酬《おうしゅう》が始まるのに、今回の兄はそれをすっ飛ばしていきなりウィリアムの胸元《むなもと》に摑《つか》みかかったのである。

なんで!?　と心臓が飛び上がったとき、兄の口から『傷心の女に手を出したのか』という言葉が微《かす》かに聞こえてきて、フェリシアはさらに驚《おどろ》く羽目になった。

きっと兄は、そんな言葉をフェリシアに聞かせるつもりはなかっただろう。

でも聞いてしまった。だから兄の怒りを止めることもできず、嬉《うれ》しいのか照れ臭《くさ》いのか困惑《こんわく》しているのか、自分でもわからない感情に眉根《まゆね》を寄せて唇《くちびる》を噛《か》んだ。

その間にも兄とウィリアムの攻防《こうぼう》は続いており、ウィリアムはウィリアムで挑発《ちょうはつ》的な笑みで応戦している。

かわいそうだったのは彼らの騎士《きし》だ。止めるべきか否《いな》か悩《なや》み、両国の騎士が目配せし合うという、なんとも不憫《ふびん》な状況《じょうきょう》に陥《おちい》っていたのだから。

そのとき誰《だれ》かに肩《かた》をぽんと叩《たた》かれ、振《ふ》り返るとフランチェスカがいた。

『あの二人は仲がいいんだか悪いんだかわからないね』

『そう、ですね。私も最初は喧嘩《けんか》するほど仲がいいと思ってたんですけど、ただ最近はそれが思い違《ちが》いだったんじゃないかと思い始めてますわ』

『そうかい？　でも君を助けるときの二人は面白《おもしろ》いくらい息がぴったりだったよ。まあ、不本意そうではあったけど』

フランチェスカが苦笑《くしょう》する。

そうだったのかと、そんな二人を見られなかったことを残念に思った。

『いずれにせよ、君が無事で何よりだ。聞いたよ、誘拐《ゆうかい》犯の許《もと》から自力で逃《に》げ出したんだって？　そのあとは一座の世話になっていたとか。君がその一座の踊《おど》り子に交ざってコンテストに現れたときは、さすがの私も度肝《どぎも》を抜《ぬ》かれたよ』

『それについてはお騒《さわ》がせしました……。でも優勝できたみたいで、私もほっとしてます。フランチェスカ様には他にも色々と心を砕《くだ》いていただいたそうで、ありがとうございました』

『いいや、気にしなくていい。君はちっとも迷惑じゃなかった。あっちの二人のほうがいい迷惑だったよ。平気で無理難題をふっかけてきたしね。特に君の夫君。顔に似合わず熱い男で困ったよ。それほど君が大切なんだろうとわかるが、今度からは加減するようにと君から言っておいてくれ。ジュリアはあのときのこと、確実にトラウマになるよ』

フェリシアは自分が連れ去られたあとのことをウィリアムから聞いて知っているが、それは今回こんな事件を起こしたジュリアの動機だったり、目的だったりと、大まかなことしか聞いていない。

ウィリアムたちがどう犯人を追いつめたのかまでは知らないので、いったい何があったのかと気にはなる。

が、藪蛇《やぶへび》になっても困るので訊《き》くのはやめた。

『それにしても、仮装パーティーで話したときとだいぶ顔つきが変わったね。この数日間は、君にとってただ誘拐されただけの数日間ではなかったようだ』

『はい。こう言うのはおかしいかもしれませんけど、素敵《すてき》な出会いもありました。それに、自分の知らない世界を知る、いい機会にもなりましたわ』

　世界では、フェリシアが思っていた以上に多くの子どもが犯罪に巻き込まれていた。そしてその子たちの痛々しい身体の傷を知った。心の傷を知った。

　あの一座には、救われてから長い時を経た子どももいたけれど、いまだに一人で出掛《でか》けるのを怖《こわ》がる子や、夜中にうなされる子もいて、〝助ける〟だけでは十分な救いにはならないことも知った。

『王妃《おうひ》として自分が何をするべきなのか、具体的なところはまだまだ模索《もさく》中です。でも、やりたいことのイメージは固まってきたように思います』

『それは素晴《すば》らしい。〝王妃〟という曖昧《あいまい》なものの意味を見つけるより、具体的にどうしたいかということを見つけるほうが案外〝王妃〟への近道だったりすることもあるからね。そうか、だから顔つきが変わったんだ。今の君の瞳《ひとみ》は、目標へのやる気と期待に満ちているね』

『はい！　まずは何から始めようかと、もう色々と考え始めていて……気が早いですよね。

急《せ》いては事を仕損ずるって言いますし、落ち着こうとは思うんですけど、考え出したら楽しくなってしまって』

『ははっ。いいことじゃないか。悩んで塞《ふさ》ぐより、そうやって試行錯誤《さくご》していくほうが問題は早く解決するものだ。でも……そうだね。シャンゼル王の心配が少し理解できたよ。確かに君は、目を離《はな》すとどこかに行ってしまいそうな行動力がある。王は孤独《こどく》だ。私ができなかった分、せめて君は、王《かれ》のそばから離れないでやってくれ』

そう言ったフランチェスカは、おそらく亡《な》くなった自分の夫のことを思い出していたのだろう。凛とした瞳が、そのときばかりは悲哀《ひあい》の色を滲《にじ》ませていた。

だからフェリシアは、安心させるように優《やさ》しく笑った。

『もちろんです。何があっても、たとえ身体《からだ》は離れ離れになったとしても、心は必ず彼のそばに。決して、離れません』

フランチェスカが息を呑《の》む。一瞬《いっしゅん》だけ泣きそうに歪《ゆが》んだ顔は見て見ぬふりをした。

『そうだね。身体は離れていても、心は──』

ありがとうと、彼女が震《ふる》える声で呟《つぶや》いた。

「おはよう、フェリシア」

「おはようございます、ウィル」

昨夜のことを思い出していたら、ウィリアムも目を覚ましたようだ。朝から蕩《とろ》けるような微笑《ほほえ》みをもらって胸がきゅんとなる。

「今日なんだけど、君の怪我《けが》もまだ治っていないから、一日ゆっくりするのはどうかな」

言いながら抱き寄せられて、彼の腕《うで》の中に閉じ込められる。

「それはそれで素敵ですけど、怪我は大したことありませんし、私は大丈夫《だいじょうぶ》ですよ。それにせっかくの新婚《しんこん》旅行ですもの。ウィルとやりたいこと、まだいっぱいあります。天気も良さそうですから、お出掛けしませんか？」

「私に気を遣《つか》っているわけじゃない？」

「私がしたいことを提案してるんです。ですから、ウィルのしたいことを教えてください」

「んー。じゃあ、私もフェリシアと行きたいところがあるから、出掛けようか」

「はい！」

一階の食堂に下りていけば、ジェシカや侍従《じじゅう》が爽《さわ》やかな挨拶《あいさつ》で迎《むか》えてくれた。

窓からは暖かい日差しが入り込んでいて、外では小鳥が機嫌《きげん》よく歌っている。

大切な人と談笑しながら食べる朝食は、何気ない一日の始まりであり、奇跡《きせき》のような一日の始まりでもあるのだと、フェリシアはしみじみと思う。

思いながら、頭の中に先ほどの回想の続きを蘇《よみがえ》らせる――。

ウィリアムとアイゼンがやっと口喧嘩をやめたあと、ウィリアムの『大事な話があります』という言葉をきっかけに一同は同じテーブルを囲んで座った。

大事な話というのは、どうやら魔物《まもの》や瘴気《しょうき》に関することで、フェリシアの捜索《そうさく》に協力してくれた見返りのようなものでもあったらしい。

『すでに少し話しましたが、魔物というのは、瘴気が動物に取り憑《つ》いたモノのことを指します。そして瘴気を浄化《じょうか》できるのは、異世界から来た聖女だけです。ただ、その聖女でさえ魔物に取り憑いた瘴気は浄化できません。これまでは殺す選択肢《せんたくし》しかありませんでしたが、フェリシアの開発した浄化薬で魔物に取り憑いた瘴気を浄化できるようになったんです』

そのとき兄からは一瞥《いちべつ》を、フランチェスカからは驚きの眼差《まなざ》しを向けられて、反応に困ったフェリシアは曖昧に微笑んだ。

『かわいい顔してやるね、フェリシア王妃は。じゃあつまり、その浄化薬か聖女でなければ魔物や瘴気に反撃《はんげき》する手立てはないということかい？』

『そうなりますね』

『そんな力が一国のものというのは危険だぞ、ウィリアム殿《どの》』

『ええ、その認識《にんしき》はあります。これまでは魔物が他国で頻出《ひんしゅつ》することがなかった。ですから問題になり得ませんでした。義兄上《あにうえ》や女王が魔物をそれと認識できなかったのも、この辺りではほとんど出現することがなく、被害《ひがい》が少なかったからでしょう。瘴気が視《み》えないのも一因でしょうね。ですが、魔物の出現率が上がれば、その存在が人の目に触《ふ》れる機会が増え、遅《おそ》かれ早かれ瘴気を視る人間によって真実が晒《さら》されることになる。そうなったときが義兄上の懸念《けねん》どおりとなるときです』

『そもそもなぜ愚妹《ぐまい》がそんな薬を開発できたのかが、余にとっては不思議ではあるが』

『それは……』

注目を浴びて、フェリシアはちらりとウィリアムを窺《うかが》う。彼が小さく頷《うなず》いたので、それを話してもいいという了承《りょうしょう》と受け取り、おもむろに答えた。

『正直に申し上げますと、全くの偶然《ぐうぜん》です。もともと薬学には興味があったので、よく自分で色々な薬を調合したり、研究したりしていました』

本当は姉へ対抗《たいこう》するために作り上げたものだが、ここでそんな裏事情まで話す必要はないだろう。

『浄化薬は、そうして出来上がった解毒剤《おうとざい》だったんです。それをたまたま苦しんで倒《たお》れていた鷹《ゼン》に――今は私のお友だちなんですけど――与《あた》えたことがありまして。ゼンはその薬で回復したので、シャンゼルで初めて魔物と遭遇《そうぐう》したときも一か八《ばち》かで飲ませてみたんです。そうしたら……』

『結果は、義兄上もご存じかと』

『あのときのことか』

フェリシアが初めて魔物と遭遇したとき。それは、初めてアイゼンがフェリシアを命がけで守ってくれたときのことだ。

あれから自分も兄も随分《ずいぶん》と変わったなと、アイゼンをぼんやり眺《なが》めながら思う。

『まあとりあえず、最近頻発《ひんぱつ》している獣害《じゅうがい》がまだそれと決まったわけじゃない。不法出入国者との関係も気になる。とにかくこの話はここだけに止《とど》めておこう』

『女王に賛成だ。まずは事態の把握《はあく》に努めるのが先だな』

『私も気になることがあります。そちらを調査しておきましょう』

三国の王がそれぞれ頷き合うのを見て、フェリシアは膝《ひざ》の上で拳《こぶし》を作った。まさか魔物や瘴気の問題がここまで広がるとは思ってもみなかったからだ。

アルフィアスを倒したことにより、シャンゼルに出現する魔物の数もだいぶ減っていたところだった。

シャンゼルを囲うように漂《ただよ》っていた瘴気も、聖女であるサラによってかなり薄《うす》れてきていることを確認していた。

このまま完全に消滅《しょうめつ》してくれれば……と、密《ひそ》かに願っていた。

けれど、あと少しという様子を見せるくせに、瘴気はなかなか消滅する気配がない。

そのせいでシャンゼルの専門チームは今も頭を悩《なや》ませているが、もしグランカルストやトルニアでの獣害が魔物の仕業《しわざ》なのだとしたら、事はそう単純ではなくなる。

（乙女ゲームのように、簡単ではないということね）

前世の記憶《きおく》を持つフェリシアは、これまでこの世界は前世で流行《はや》っていた乙女《おとめ》ゲームの世界だと信じ、自身の死亡ルートやウィリアムの死亡ルートを回避《かいひ》するために奮闘《ふんとう》してきた。

それは魔物や瘴気の問題と切っても切れない関係にあり、死亡ルートを回避することが、ひいては瘴気を消滅させることに繋《つな》がっていたのだ。そう――乙女ゲームでは。

（黒幕《アルフィアス》を倒しても消滅しないことが、確かに不思議ではあったわ。でも誤差とか、時間差とか、そういうものだと思ってた）

しかし、そうではないかもしれない可能性が浮上《ふじょう》している。

――〝どんなに足掻《あが》こうと、君たちは僕を倒すことはできません。今日という日が終わっても、また僕のような存在に狙《ねら》われ続けるだけなのですから〟

不意に、アルフィアスの最後の言葉が頭の中に蘇った。

あれがもし彼の単なる負け惜《お》しみではなく、事実を衝《つ》いていたとしたら？

（……否定できるほどの根拠《こんきょ》がないわ）

ごくりと喉《のど》を鳴らす。

わからない。全《すべ》てが憶測《おくそく》でしかない。

けれど実際に瘴気はまだ存在していて、魔物は人々を脅《おびや》かし続けている。

（もう私の知ってる乙女ゲームとは全然違《ちが》う道を進んでる。今までは乙女ゲームで得た情報を根拠にしてたけど、これから私が言うことには、正真正銘《しょうしんしょうめい》、なんの根拠もないわ。それでも――）

そろそろお開きにするかという空気が流れたとき、フェリシアは意を決して手を挙げた。

乙女ゲームに頼《たよ》らなくても、守りたいものを守るために。

手遅《ておく》れになって、後悔《こうかい》しないために。

『最後に一つだけ。一つだけ、私からいいでしょうか――』


「――そうだ、フェリシア。実は昨夜、事件のお詫《わ》びとして女王から色々貰《もら》ったんだ」

ウィリアムの明るい声によって、フェリシアは回想から現実に意識を戻《もど》した。記憶の中では暗闇《くらやみ》に包まれていた窓外は、秋天のように爽やかな青色に様変わりしている。

「美術館の優先パスとか、有名高級料理店への紹介状《しょうかい》とか、プレミアものが多かったよ。でもその中に、君が一番喜びそうなものがあってね」

なんだと思う？　とウィリアムが楽しそうに目を細めた。

「私が喜びそうなもの……あっ、もしかして、トルニアでしか手に入らない植物とかですか？　実は最終日に花屋を巡《めぐ》ろうと思ってたので嬉《うれ》しいです！　さすがに新婚旅行で植物園に行くのはって思ってたので」

「そうだったの？　だったらなおさら喜んでもらえそうだね。はいこれ。トルニア最大の植物園への入園パス。しかも人数限定で公開している場所《エリア》にまで入れる、一般《いっぱん》的にはすでに完売したパスなんだけど」

「！　行きたいです！」

と、思わず叫《さけ》んだあとに我に返る。

先に言ったように、さすがに新婚《しんこん》旅行でそれはないだろう。いくらなんでも付き合わされるウィリアムがかわいそうだ。花屋巡りに少し付き合ってもらうのとは訳が違うのだから。

だというのに。

「フェリシア。私に遠慮《えんりょ》はしないんじゃなかったの？」

ウィリアムが意地悪く口角を上げる。ずるい人だ。今それを持ち出すなんて。

彼はフェリシアのことを「ずるい」と言うけれど、フェリシアからすれば彼も十分「ずるい」と思う。

彼の優《やさ》しさに完敗だ。

「あの……ウィルがいいなら、行きたいです」

「ははっ。声が小さいね」

「い、行きたいですけど、でもウィルの行きたいところにも行きたいですっ」

「フェリシアは本当にかわいいなぁ。わかった。じゃあお昼は私の行きたい店で食事をしよう。その近くにあるお薦《すす》めの店を教えてもらったんだ」

なんて抜《ぬ》かりのない人だろう。気遣《きづか》いが半端《はんぱ》ない。

「私は嬉しいですけど、ただそれ、本当にウィルの行きたいところですか？」

「うん。君と一緒《いっしょ》に食べたい」

そんなことを蕩《とろ》けるような甘い顔で言われたら何も言えなくなるではないか。

彼の瞳《ひとみ》の全《すべ》てが愛おしさを伝えてくるから、照れて視線を逸《そ》らした。

「どうしたの、フェリシア。植物園に行くんだろう？　朝食をとる手が止まってるよ。食べ終わらないと行けないよ？」

「〜〜っわかってます！　ウィルの意地悪！」

彼がくすくすと笑う。賑《にぎ》やかで楽しい時間。

けれどこれから先、きっと多くの困難が自分たちの前に立ちはだかるだろう。昨夜の密談は、その前哨戦《ぜんしょうせん》になるかもしれない。

『——一つだけ、私からいいでしょうか。瘴気《しょうき》は人の負の感情が元になっているそうです。特に憎《にく》しみや怒《いか》りの感情はより多くの瘴気を生み出します。ですから、そういった場所にもお気をつけください』


フェリシアは王妃《おうひ》としての自覚を持ち始めたばかりで、まだまだ未熟なところがある。

けれど、たとえどんな困難がこの先に待ち受けていようとも、ウィリアムとまたこうして笑い合える日を目指して一日一日を精一杯《せいいっぱい》、大切に生きていこうと思う。

王妃の自覚を持つということは、誰《だれ》かの日常を想《おも》うことでもあると、そう考えるから。

国を想うということは、そこに存在する人を想うということで。

人を想うということは、その人の人生を想うということだ。

国民全ての人生を背負えるなんて、そんな傲慢《ごうまん》なことを思っているわけではない。

ただ、自分の日常を大切にすることで、誰かの日常も大切にできるように、そのために自分にできることを考えて実現していきたい。

それはもちろん、誰より大切で、誰より信頼《しんらい》している、ウィリアムと一緒に——。

あとがき

皆様《みなさま》ご無沙汰《ぶさた》しております。おかげさまで6巻を書かせていただけることになって舞《ま》い上がりすぎた蓮水涼《はすみりょう》です！

舞い上がった点その一。続編OKのご許可をいただきプロットを考えていたとき、ふとウィリアムを女装させたくなったがために該当《がいとう》シーンを入れる。その二。お兄《アイゼン》ちゃんとウィリアムの掛《か》け合いが楽しすぎてやりすぎる。その三。弱ったイケメンを見たくなって当て馬を登場させる。反省も後悔《こうかい》もしていません。そして、本作を読み続けてくださっている読者様にもきっと喜んでいただけたと信じています。信じて……信じたいです。

ちなみに、今巻の裏テーマは「ウィリアムとお兄ちゃんのバチバチ」でしたが、本テーマは「フェリシアが王妃《おうひ》としての自覚を持つ」というものでした。誰《だれ》しも初めての仕事には戸惑《とまど》い、目の前のことでいっぱいいっぱいになるものです。フェリシアもそうです。けれど視野を広げたことで、彼女は自分の目指すものを見つけました。私も見習って……見な、らって……見つけられたらいいなと思いました、まる（作文）。

とにもかくにも、書きたいなと思っていた新婚《しんこん》旅行を書くことができたのは、ここまでついてきてくださった読者様、また続刊を願ってくださった読者様のおかげです。本当に本当にありがとうございました！

さて、ここからは関係者様への謝辞となります。

初めて一から十までご一緒《いっしょ》させていただきました、担当S様。お兄ちゃんとウィリアムのやりとりで暴走した私を的確に導いてくださり……有言実行のかっこいいお兄ちゃんが誕生したのはS様のおかげです。本気でありがとうございます（拝）。

そして6巻も引き続きイラストを担当してくださったまち先生へ。ラブラブ感溢《あふ》れる二人とお兄ちゃんの尊い表紙をありがとうございます……！　3巻と見比べながら一人ニヤニヤしたのは私です。また挿絵《さしえ》のラフをいただいたときに泣きながら叫《さけ》んだのも私です。驚《おどろ》くことに誇張《こちょう》ゼロです。先生のイラストが本当に大好きです。

また、校正ご担当者様におかれましても、大変お世話になりました。誤字脱字《だつじ》等はもちろん、自分では見つけにくい矛盾《むじゅん》も見つけていただきありがとうございます（土下座）。

その他デザイン、印刷、営業等、本作の出版にご尽力《じんりょく》くださった皆々様へ。直接の関わりはなくとも、毎回見本誌をいただくときに感動し、自分のテキストを素敵《すてき》な本にしていただけるありがたみを感じております。本当にありがとうございます。

では、また皆様にお会いできることを切に願って――。

蓮水涼

BEANS BUNKO

「異世界から聖女が来るようなので、邪魔者は消えようと思います6」の感想をお寄せください。
おたよりのあて先
〒102-8177　東京都千代田区富士見2-13-3
株式会社KADOKAWA　角川ビーンズ文庫編集部気付
「蓮水　涼」先生・「まち」先生
また、編集部へのご意見ご希望は、同じ住所で「ビーンズ文庫編集部」
までお寄せください。

異世界《いせかい》から聖女《せいじょ》が来《く》るようなので、邪魔者《じゃまもの》は消《き》えようと思《おも》います6

蓮水《はすみ》　涼《りょう》

角川ビーンズ文庫　23721

令和5年7月1日　初版発行

発行者——山下直久
発　行——株式会社KADOKAWA
〒102-8177　東京都千代田区富士見2-13-3
電話 0570-002-301（ナビダイヤル）
印刷所——株式会社暁印刷
製本所——本間製本株式会社
装幀者——micro fish

●お問い合わせ
https://www.kadokawa.co.jp/（「お問い合わせ」へお進みください）
※内容によっては、お答えできない場合があります。
※サポートは日本国内のみとさせていただきます。
※Japanese text only

ISBN978-4-04-113851-9C0193 定価はカバーに表示してあります。

◇◇◇

3回
角川ビーンズ小説大賞
原稿募集中!
君の"物語"が
ここから始まる!
https://beans.kadokawa.co.jp
詳細は公式サイトでチェック!!!
【一般部門】&【テーマ部門】
賞金 大賞 100万円
優秀賞 30万円
他副賞
締切 3月31日
発表 9月発表(予定)
イラスト/紫 真依